KB198030

내 마음은 바다에 있어

내 마음은 바다에 있어

이별의 계절,
긴 터널을
지나는 당신에게

오지영 장편소설

북노마드

차례

Season 3 겨울

등장인물

지안(35) 광고대행사 'A&E 커뮤니케이션즈' 과장, 전 남친 건우

광고기획자(AE)로 한 직장에서 10년을 일했다. 광고가 곧 나이고, 내가 곧 광고인 삶. 혼자가 익숙했던 삶에 잠입해 훼방을 놓은 건 건우였다. 대학생 광고 연합 동아리에서 처음 만난 사람. 그 시절에는 그리 친하지 않았는데, 경쟁 프레젠테이션 때 상대 회사 아트디렉터가 되어 있던 건우를 우연히 만났다. 그리고 이어진 건우의 끈질긴 구애. 하지만 긴 연애 끝에 지안에게 당도한 것은 건우의 바람이었다. 잔잔한 삶에 켜진 빨간불, 지안은 탈출구를 찾기 위해 무작정 양양을 찾는다. 그곳에서의 시간이 한 뼘 한 뼘 늘어날수록 지안의 선택은 달라진다.

새봄(32) 양양 꽃집 '플라타너스' 사장, 전 남친 진운

꽃을 사람으로 만들면 새봄이지 않을까. 이름처럼 봄 같다. 매일매일 꽃과 가장 많이 대화를 나눈다. 그다음은 꽃집 옆 카페 레콩포르를 운영하는 소윤. 새봄을 아는 모두가 새봄을 좋아하고, 새봄도 그들 모두를 좋아한다. 좋은 것도 좋고, 싫은 것도 좋다며 아이처럼 해맑게 미소 짓는 사람. 그러나 그늘 없는 사람이 어디 있을까. 엄마가 세상을 떠나고 새봄을 찾아온 갖가지 결핍. 그 결핍을 남자친구 진운을 통해 채웠다. 그래서일까. "너는 내 아이 같아"라고 새봄을 유난히 좋아했던 진운은 헤어짐의 이유도 같았다. 아이 같아서…… 시간이 지나면 나아질 거라 믿었지만 나아질 기미가 보이지 않았다. 어느 날, 한 남자가 꽃꽂이를 배우겠다며 찾아온다.

민(35) 작가 지망생, 전 남친 준

내 직업은 무엇일까. 누군가 직업을 물어올 때마다 머릿속을 떠도는 질문. 사람들에게 "작가입니다" 또렷이 말할 수 없지만, 온종일 글을 지으며 보내니 분명 글 쓰는 사람. 약간의 예민함이 존재하지만 남자친구 준만 있으면 누구와도 섞일 수 있고, 무엇이든 넘길 수 있었다. 보물 1호는 준과 함께 구조한 길고양이 마틸다. 대학 동기인 준과 10년을 연애하고 헤어졌다. 그중 세 해를 함께

살았다. 지금은 준의 형수인 소윤의 카페에서 일한다. 헤어진 남자친구의 형수가 운영하는 카페에서 일한다며 사람들은 수군거리지만 한번도 이상하다고 생각한 적이 없다.

희나(38) 와인숍 부점장, 전 남친 수호

와인 가게 부점장. 동료를 싫어하지 않지만, 그렇다고 개인적인 이야기를 터놓고 나누진 않는다. 서른이 넘고 나서는 한 번도 울지 않았다. '내가 내린 선택에 책임지는 사람이 되어야지' 눈물을 보여서는 안 된다는 강박이 있다. 와인은 혼자 마셔도 청승맞지 않아서 마시기 시작했고, 계속 마시다 보니 소믈리에 자격증을 손에 쥐게 되었다. 세련되고 수려한 외모 덕분에 와인을 사러 왔다가 치근덕거리는 남자 손님이 꽤 있지만, 연애를 즐기지 않는다. 단 한 사람, 수호는 '속이 보이는' 사람이어서 좋아했다. 투명한 사람. 하지만 결혼을 앞둔 어느 날, 수호의 고백이 마음을 할퀴었다. '내가 한 건 사랑이 아니었다고?' 괜찮을 줄 알았는데 흐르는 눈물을 멈출 수 없다.

유준(29) 양양 '수공방' 직원

대학원에서 도예를 공부하고 양양에 내려와 학교 선배 수찬과 일한다. 큰 키와 두툼한 덩치 덕분에 체대생이라는 오해를 받지만 도자기를 빚는 섬세한 남자다. 자전거를 타고 이곳저곳을 누빌 수 있어서 양양을 좋아한다. 어느 날, 카페 레콩포르에서 새봄을 본 후로는 제일 좋아하는 것이 자전거 타기에서 꽃꽂이로 바뀌었다.

준(35) 출판사 '북앤드' 편집자, 전 여친 민

작가 지망생 민과 문예창작과 동기. 민과 달리 일찍이 작가의 길을 접고 책 만드는 편집자가 되었다. 글은 쓰는 것보다 읽는 게 스트레스를 덜 받는다고 얼버무렸지만, 사실 빨리 돈을 벌어야 했다. 동거를 끝낸 후에도, 10년 연애를 끝낸 후에도 여전히 민을 그리워한다. "밥 먹었느냐"고 묻는 말에는 '사랑한다'는 마음이 담겨 있다는 민의 말을 기억하고 시도 때도 없이 묻는다. "밥 먹었어?" 하지만 그날은 그러면 안 됐다.

수호(38) 라디오 PD, 전 여친 희나

유명 DJ와 저녁 시간을 책임지는 라디오 PD. 회사 선배와 방송국 근처 와인 가게에 선물을 사러 갔다가 희나를 처음 보았다. 그리고 반했다. 선배 여동생 우희의 친구라는 말에 소개해달라고 졸랐다. 그렇게 2년을 사랑하고 결혼을 앞두었다가 파혼을 선택했다. 희나의 사랑은 사랑이 아니라는 이유. 결혼해도 희나의 사랑을 의심할 것

같았고, 그런 자신이 싫어질 것 같아서 내린 결정이었다.

소윤(39) 양양 카페 '레콩포르' 사장, 준의 형수

양양은 소윤의 고향이자 남편 훈의 고향이었다. 학창 시절부터 결혼 생활까지, 모든 기억이 이곳에 묻혀 있다. 작은 카페를 열어 다시 정착한 양양. "네가 내려주는 커피가 가장 행복하다"던 훈은 세상에 없지만, 다른 사람들에게 커피를 내려주며 마음을 채운다. 간혹 그늘진 얼굴로 카페에 들어서는 이에게 불쑥 스콘과 케이크를 권유한다.

Season 1

여름

지안
·
찬란한 여름,
쓰레기 같은 여름

　　찬란한 여름, 빛나는 여름, 쏟아지는 여름, 청량한 여름, 뜨거운 여름, 그리고 쓰레기 같은 여름. 지안은 계절을 말할 때 여름부터 말한다. 봄, 여름, 가을, 겨울이 아닌 여름, 가을, 겨울, 봄의 순서로 말한다. 여름에 태어났으니, 시작의 계절은 여름이었다. 햇볕이 강렬하게 내리쬐고, 모든 것이 살아 숨 쉬고, 생명력이 가득한 계절. 초록 잎으로 단장한 나무 아래 서 있으면 선선하게 바람이 부는 초여름을, 비릿한 냄새가 나는 여름밤을 사랑했다. 그런 여름을 무채색으로 만든 건 건우였다. 김건우.

　　수없이 많은 계절을 함께했다. 정확히는 열아홉 번

의 계절. 한 계절에서 다른 계절로 넘어갈 때마다 건우는 작은 그림을 그렸다. 봄에서 여름, 여름에서 가을, 가을에서 겨울, 겨울에서 봄, 다시 봄에서 여름……지나가는 풍경을 담았다. 다 그린 그림 뒷장에는 네글자만 썼다. 지안에게. 채색도 덜 되고 가끔은 드로잉뿐인 그림이 지안을 웃게 했고, 울게 했고, 애틋하게 했고, 언젠가는 살게 했다.

그림을 받으면 세 번 읽었다. 받은 자리에서 한 번읽고, 집에 와서 또 읽고, 마지막으로 마스킹 테이프를 붙인 채로 읽었다. 보지 않고 읽었다. 천천히 눈으로 선을 따라가며 그의 손길을 읽어냈다. 덕분에 침실한쪽 벽은 모든 계절로 가득 찼고, 지안은 방 안에서사계절을 느낄 수 있었다.

겨울에서 봄이 되었고, 봄에서 여름이 되었다. 그래서 물었다. 계절이 이미 두 번이나 바뀌었는데 손에아무것도 주어지지 않았기에.

"왜 요즘 그림 안 그려?"
"바쁘잖아, 요즘 정신없었어."

"그래도."

"그려주려고 했어. 여행 가면."

그려주려고 했다고? 건우의 대답에 기분이 이상했다. 궁금해서 물어보았지만 그려달라고 조른 것은 아니었다. 내가 원해서 그린 게 아니잖아, 네가 좋아서 했잖아. 물을 따르다 멈췄던 손을 다시 움직여 물병을 기울였다. 투명한 유리잔에 담긴 물을 입으로 가져가자 차가운 물이 더 차갑게 느껴졌다.

"이거 언제 샀지? 전에 샀었나?"

거실에 앉아 있던 건우가 새로 산 LP를 찾아들고 물었다. 오아시스 2집 〈(What's The Story) Morning Glory?〉.

"저번에 동묘에서 못 사서 검색하다가 발견했어. 상태가 조금 아쉽긴 한데 그래도 구하기 어려운 거니까."

"말하지, 내가 사주고 싶었는데."

이상하던 기분이 금세 사라졌다. 지안은 건우의 이

런 점을 좋아했다. 말투에서 묻어나는 다정함. 그 많은 LP 속에서 새로운 LP를 찾아내는 다정함. 지안의 모든 것에, 지안의 모든 일에 관심을 보이는 다정함.

"사랑은 할 수 있는 일을 굳이 대신 해주는 거예요."

건우를 만나기 전 지안은 혼자서 잘하는 사람이었다. 아니, 혼자서 하는 게 더 편한 사람이었다. 혼자 밥을 먹고, 혼자 영화를 보고, 혼자 산책을 하고, 혼자 카페에서 커피를 마셨다. 고요하고, 모나지 않은 일상. 그런 의미를 담은 단어가 안온이라고 했던가. 그렇게 조용한 일상에 멋대로 발을 들인 것은 건우였다. 처음에는 불쑥 침범한 그가 싫어 열심히 도망 다녔다. 누구세요, 나가세요, 들어오지 마세요, 여기는 제 공간이에요. 하지만 몇 번을 밀어내도 늘 그 자리에 있었다. 이제는 안 갈게요, 그냥 여기 있을게요, 필요할 때 불러줘요.

건우는 지안이 음료를 마실 때면 꼭 빼앗아 뚜껑을 열고 다시 손에 들려주었다. 그럴 때마다 지안은 퉁명스럽게 "나도 손 있어" 하며 양손을 펼쳐 보였다. 남자가 여자의 조그만 핸드백을 대신 들어주는 것만큼 지나친 배려라고 생각했다. 건우는 웃으며 "알지, 너도 손 있는 거. 그냥 내가 해주고 싶어서. 사랑은 그런 거야. 할 수 있는 일이어도 대신 해주고 싶은 거"라고 답하곤 했다.

어느새 열아홉 번의 계절이 지났다. 지안은 편의점에서 탄산수를 사면 자연스럽게 건우에게 건넸다. 그러면 그가 뚜껑을 열어 지안의 손에 다시 들려주었다. 건우는 지안의 많은 부분을 바꿔놓았다. 어느 순간부터는 혼자 할 수 있는 일이 별로 없다는 생각이 들었다. 다시 혼자가 된다면 전과 다르게 외로울 것 같기도, 무서울 것 같기도 했다.

봄에서 여름으로 넘어가고 있었다. 사람들의 옷차림이 가벼워졌음을 느낄 수 있었다. 오랜만에 제시간에 퇴근했고, 지하철역에서 마을버스를 타고 집으로 향하던 중 두 정거장 전에 내려서 천천히 걸었다. 초여름의 풍경을 만끽하고 싶었다. 여름은 여름만의 싱그러움이 있으니까. 퇴근 후에도 아직 해가 떠 있다는 사실에 괜시리 기분이 좋았다.

건우는 경쟁 프레젠테이션이 시작되었다고 했다. 눈코 뜰 새 없이 바쁘다는 소리. 건우와 지안은 다른 회사에 다니고, 아트디렉터와 AE로 다른 업무를 하지만, 서로의 바쁨을 이해할 수 있었다. 두 정거장 걸었을 뿐인데 집에 도착하니 다리가 뻐근했다. 역시 운동부족. 냉장고를 열자 며칠 전에 사다 둔 레토르트 리소토가 보였다. 전자레인지에 넣고 나서 휴대전화를 열었다. 낮에 건우에게 보낸 메시지에 여전히 1이 남아 있었다. 지안은 리소토를 레인지에서 꺼내 플라스틱 용기 그대로 식탁 위로 옮기며 메시지를 보냈다.

[퇴근 늦어? 나는 저녁 먹으려고. 저녁 챙겨!]

잘 있음을 보고하고 안부를 묻는 간단한 내용. 서로 바쁠 때면 1이 사라지지 않아도 이렇게 메시지를 남겨놓곤 했다. 잘 잤어? 출근 잘해, 밥 맛있게 먹어, 나 퇴근했어, 자? 잘 자. 생사를 묻는 간단한 문장들. 가끔 잠들 무렵까지도 연락이 없으면 서운한 감정이 들기도 했다. 그렇다고 감정의 골이 깊어지지는 않았다. 불안하지도 않았다. 서른이 넘었고, 5년을 만났다. 연락 횟수로 싸움을 만드는 일은 진즉 끝났다. 긴 시간

동안 사랑과 더불어 커진 것이 있다면 의리였다. 우리의 의리는 견고하고 단단하다고 믿었다.

건우는 연락이 잘되지 않고, 매일 피곤하다는 말을 반복했다. 결국 지안이 말했다. 너의 마음이 예전 같지 않은 것 같아. 건우는 인정했다. 응, 예전 같지 않은 것 같아. 지안의 짐작과는 달랐다. 비슷한 다툼이 있을 때 늘 그러했듯이, 변한 게 아니라고 해명하며 온갖 변명거리를 모아 건넬 줄 알았다. 하지만 건우는 달라져 있었다. 한 해에 두세 번 있는 사소한 다툼이라 생각했는데, 그렇게 헤어졌다. 서른을 넘기고 한 연애인데도, 열아홉 번의 계절을 함께 보낸 사랑인데도 쉽게 끝났다. 누가 왜 헤어졌는지 물으면 더는 그림을 그리지 않아서라고 이야기할 만큼.

*

헤어지고 며칠 지나지 않은 주말 오후였다. 의미 없는 눈물을 흘리다 소파에 누웠고, 이렇게만 있을 수 없다는 생각으로 전자책이라도 봐야겠다며 패드를 켰고, 그 패드에 하필이면 건우의 아이디가 자동 로그

인되어 있었고, 드라이브 사진 보관함 알림이 떠서 눌렀고, 건우와 회사 직원이 얼굴을 맞댄 사진이 보였다. 손이 떨려왔다. 부들거리는 손을 주체할 수 없어 주먹을 꽉 쥐었다. 한참 깎지 않은 긴 손톱이 지안의 살을 파고들었다.

'미친놈.'

바쁘다고 했다. 일이 많아 피곤하다고 했다. 모든 말이 신호였음에도 같이 지내온 시간에 기대어 무시했다. 헤어지자마자 새로운 사랑을 시작한 건우를 보며, 아니 새로운 사랑을 시작하려고 자신과 헤어진 건우를 보며 지안은 미친 사람처럼 웃었다. 하하하. 하하하하. 떨리는 손으로 겨우 로그아웃을 눌렀다.

처음 하는 연애는 아니었다. 그동안의 연애 횟수를 따지자면 손가락을 몇 개 접을 수 있었다. 서른쯤 건우를 만났다. 나이가 뭔지, 전과는 조금 달랐다. 다가오는 미래를 무시할 수 없었다. 결혼을 꼭 하고 싶다거나 반드시 해야 한다고 생각하지는 않았지만, 언젠가 한다면 당연히 이 사람이겠지 싶었다. 언젠가 본

드라마에서 그랬다. 산다는 건 늘 뒤통수를 맞는 거라고, 인생이란 놈은 어처구니가 없어서 절대로 우리가 알게 앞통수를 치는 법이 없다고. 지안은 그 대사를 떠올렸다. 뒤통수를 맞았다. 머리가 얼얼했다.

30대의 이별이 20대의 이별과 다른 점이 있다면 마음 가는 대로 하지 못한다는 것이다. 연애가 끝났다고 해서 울고, 술 마시고, 욕하고, 또 우는 일을 종일 반복할 수 없었다. 30대는 그래서는 안 되는 나이였다. 헤어짐이 슬퍼도 술은 다음 날 지각하지 않을 정도로만 적당히 마시고, 출근해 아무렇지 않게 웃으며 동료들과 인사하고, 여느 때와 다르지 않게 업무를 처리하고, 무사히 퇴근해야 했다. 밥을 거르면 체력이 떨어지고, 체력이 떨어지면 일상이 무너진다는 것을 너무나도 잘 아는 나이. 먹고 싶지 않아도 끼니때마다 입으로 뭔가를 넣어야 하는 나이. 지안도 다르지 않았다.

구내식당에서 의미 없는 젓가락질을 하며 계속해서 '누구의 잘못일까'를 생각했다. 맛없는 브로콜리 볶음을 입속으로 집어넣었다. 상대방의 마음이 돌아선 것도 자신의 잘못, 상대방이 지쳐가고 있음을 알아채지 못한 것도 자신의 잘못, 긴 연애를 하고 결혼에 골인하지 못한 것도 자신의 잘못 같았다. 정말로 나의 잘못일까? 생각을 내려놓을 수 없었다. 그러다 건우의 드라이브에 새로 업데이트된 사진을 떠올렸다. 잘못이 있다면 딱 하나였다. 사랑에 자만한 것. 상대방의 마음을 확신한 것. 영원한 것은 없는데 변하지 않는 마음이 있다고 자신한 것. 과거로 돌아가 자신의 머리를 한 대 쥐어박고 싶었다. 정신 차리고 앞을 봐. 네게 벌어질 일들을 봐!

*

하늘에 구름 한 점 보이지 않는 주말, 창가에 내리쬐는 햇볕은 지안의 마음도 모른 채 유난히 따스했다. 이불 속에 파묻혀 있다가 무거운 몸을 겨우 일으켰다. 가볍게 부서지는 햇살과는 정반대로 물먹은 솜 같은 몸. 잠시 멍하니 침대에 걸터앉아 있다가 욕실로 향했다. 따뜻한 물로 긴 시간 샤워를 하고, 화장대 앞에 앉아 드라이어로 머리를 말렸다. 자연스레 시선이 한쪽 벽을 향했다. 오랫동안 무언가 붙어 있던 자국. 시간은 흔적을 남긴다. 지안은 드라이어의 바람을 강풍으로 바꾸며 머리를 세차게 흔들었다.

조금 덜 말려진 머리카락을 현관문 거울 앞에서 매만졌다. 오랜만에 제대로 본 얼굴은 몇 주 사이에 늙어 있었다. 거친 피부가 거울에 그대로 드러났다. 청소를 하지 않아 먼지가 쌓인 거울이라 그나마 다행이었다.

"괜찮아, 원래 혼자서 잘했잖아."

주문처럼 중얼거렸다. 밖으로 나가자 기다렸다는 듯이 쨍한 햇볕이 지안에게 달려들었다. 그렇게 광합성 비슷한 것을 하며 조금 걷다가 다시 돌아왔다. 차에 시동을 걸었다. 걸을 수 없었다. 지안이 갈 만한 모든 곳이 건우와 함께하던 곳이었다. 집 앞 라테가 맛있는 카페부터 일본인 부부가 운영하는 카레가 일품인 경양식 식당, 새벽까지 도란도란 이야기를 나누던 와인바까지. 문을 여는 순간, 사장님이 '오늘은 혼자 왔네요' 하며 안부를 건네는 곳들. 낯선 곳에 가고 싶었다. 건우와, 아니 누구와도 함께하지 않았던 곳. 아무런 흔적이 남아 있지 않은 곳.

무작정 고속도로를 달렸다. 달리다 보니 바다가 보고 싶어서 강원도로 방향을 틀었다. 얼마나 달렸을까. 익숙한 듯 익숙하지 않은 풍경이 펼쳐졌다. 조금씩 보이기 시작하는 바다에 창문을 살짝 내리니 더운 공기가 그대로 차 안으로 들어왔다. 방금까지 에어컨으로 냉했던 공기가 빠르게 바뀌었다.

양양.

휴가철이어서인지 바다 주변은 서핑하는 사람들로 가득했다. 차를 잠시 세워두고 멀찍이서 바다를 바라봤다. 여름의 바다는 생기가 넘쳤다. 희망차고, 활력이 넘치고, 아름다웠다. 원래의 지안이었다면 좋아할 풍경이었다. 하지만 시끌시끌한 분위기에 왠지 모를 공허함이 몰려들었다. 내 기분과는 다른 바다. 다시 차에 타 휴대전화로 길 찾기 앱을 켜 근처 카페를 검색했다. 양양 조용한 카페, 양양 커피 맛집, 한적한 양양 카페. 여러 키워드로 검색하다 한 카페가 눈에 들어왔다. 레콩포르réconfort, 바다와 조금 떨어진 곳에 있는 핸드드립 전문 카페. 액셀을 밟았다.

3층짜리 건물의 1층에 자리한 작은 카페. 문을 열고 들어가니 생각보다 아늑한 공간이 반겼다. 기역 자 모양의 바 테이블, 소파 좌석이 하나, 원형 테이블이 네 개 있는 크지도 작지도 않은 곳이었다. 사장인 듯한 여자가 말을 걸었다.

"저희는 원두가 여러 가지예요. 천천히 보시고 주문해주세요."

'예쁘네.' 같은 여자인데도 예쁘다는 생각이 제일 먼저 들었다. 긴 속눈썹에 하얀 피부. 천천히 보라는 말에 정말로 왼쪽 위부터 오른쪽 아래까지 모든 메뉴를 정독했다. 원래도 지안은 메뉴판 보는 것을 좋아했다. 주문을 마친 후에도 건우는 메뉴판 좀 구경해도 될까요, 라며 지안 앞에 놓아주고 했다. 그때마다 지안은 쑥스러워하며 나는 메뉴판 보는 게 좋더라, 하며 웃더랬다.

"그냥 이곳의 시그니처는 무엇인지, 어떤 메뉴가 있는지, 다음에 와서는 뭐 먹을지 구경하는 게 좋아."

지안이 머쓱해할 때마다 건우는 사랑스럽다는 듯 바라보았다. 건우를 생각하지 않으려고 일부러 낯선 곳, 낯선 카페까지 왔는데 또 이딴 생각이나 하고 있다니.

"이 원두로 핸드드립 될까요?"

레콩포르 블렌드. 이왕이면 누군가가 나를 위해 내려주는 커피를 마시고 싶었다. 예쁜 사장이 예쁘게 웃었다.

"그럼요."

커피를 테이블 위에 두고 창가에 앉아 지나다니는 사람들을 구경했다. 주말을 늘 건우와 함께 보내다가 이렇게 혼자 커피를 마시는 게 너무도 낯설었다. 가끔 카페에 갔지만, 주로 밀린 일을 하려고 노트북과 씨름하거나 건우와 시답잖은 농담을 주고받느라 창밖을 보지 못했다. 창밖의 나무가 바람에 흔들렸다. 날씨는 화창하고, 사람들 옷차림은 가벼웠다. 지안이 좋아하는 여름이 흐르고 있었다. 찬란한 계절이 지나가고 있었다.

얼마나 멍하니 있었을까. 사장이 조심스레 다가와 물었다.

"저희가 새로운 스콘을 구웠는데 하나 드려도 될까요? 아직 정식 출시된 게 아니어서 서비스 차원으로요."

"감사하죠."

지안의 대답에 사장이 밝게 웃으며 돌아갔다가 스콘과 잼을 가져와 테이블에 내려놓았다.

"부담 없이 드세요."

말을 더 걸지 않아 좋다고 느꼈다. 불쑥 스콘을 내밀며 먹으라 하지 않아서 좋았다. 아무리 서비스여도 손님의 선택에 맡기는 친절. 본인의 마음을 강요하지 않고 선을 지키는 정도의 친절. 저 정도의 친절이 받는 사람에게도, 베푸는 사람에게도 적당한 것 같다고 생각하며 포크로 스콘을 조각내어 입으로 가져갔다. 버터의 풍미가 입안을 가득 채웠다.

카페에서 나오는 길, 문에 붙은 '베이킹 원데이 클래스' 포스터에 지안은 발걸음을 멈췄다. 혼자 산 지 몇 년이 되었지만 요리는 잘 하지 않았다. 보통 시켜 먹거나 레토르트 음식을 애용했다. 다양한 레토르트 식품을 낳아주신 대기업에 감사하며. 그 순간 무슨 바람이 들었는지 해보고 싶었다. 포스터에 쓰여 있는 베이킹 원데이 클래스를.

"저, 이거 지금도 등록할 수 있어요?"

새봄
·
아이 같아서

"그건 리시안셔스예요. 예쁘
죠. 이것도 섞어드릴까요?"
"선물하시는 거예요? 받는 분 좋으시겠다."
"좋은 선물 되세요, 감사합니다."

오늘도 무사히 하루가 지나갔다. 전공은 꽃과는 전
혀 무관한 불문학과. 왜 그 전공을 선택했는지 아직도
의문이지만, 꽃집을 연 것도 의문이었다. 인생 자체가
의문투성이였다. 취미로 친구들과 꽃꽂이 클래스를
다녔다. 모두 그만뒀는데 새봄만 계속 배우고 있었고,
정신 차리고 보니 전문가반을 다니고 있었다. 꽃을 만
지면 마음의 소란이 잦아들었다. 꽃에 둘러싸여 하루

를 보내면 행복할까 싶었는데 웬걸, 꽃보다 손님을 상
대하는 일이 더 많았다. 오늘도 얼마나 많은 사람에게
묻지 않아도 될 것을 묻고, 웃고 싶지 않아도 웃으며
진을 뺐는지 모른다. 많은 남자가 선물하겠다고 꽃을
사 갔다. 설레는 표정을 덤으로 보이며.

앞치마 주머니에서 휴대전화 진동이 미세하게 느껴
졌다. 휴대전화를 귀와 어깨 사이에 낀 채로 테이블을
정리하며 전화를 받았다.

"네, 사장님. 내일 일곱시쯤 갈 것 같아요."

인적 드문 꽃집에 누가 꽃을 사러 올까 걱정도 많았
지만, 다행히 굶지 않을 정도는 되었다. 아니, 정확히
말하자면 굶기 직전에 양양의 몇 군데 호텔 계약을 따
내서 겨우 허기를 면할 수 있었다. 호텔 로비에 채워
지는 꽃의 양은 생각보다 상당했고, 양양의 4성급 호
텔 두 곳과 5성급 호텔 두 곳이 새봄의 의식주를 책임
졌다. 통화를 마치고 휴대전화를 카운터 테이블에 내
려놓자, 남자 글씨가 적힌 포스트잇이 새봄의 눈에 들
어왔다.

'불 *끄기*!'

지난봄, 새봄은 진운과 헤어졌다. 꽃이 한창 예쁜 계절이었다. 진운은 지쳤다고 했다. 여전히 좋아하고 아끼지만, 새봄을 돌보는 데 더는 시간을 쏟을 수 없다며 떠났다. 이별의 이유 중 제일 이해되지 않는 것은 '아이 같다'는 말이었다. 쏟아지는 이별의 말을 들으며 조금 억울한 감정이 들었다.

"너는 내 아이 같아. 이게 얼마나 벅찬 마음인지 너는 모를 거야."

몇 년 전, 바닷가를 앞에 두고 진운과 나란히 앉았을 때 밤바다의 고요한 적막을 깨며 그는 말했다. 내가 낳은 아이 같다고. 그 말이 좋았다. 그래서 더 아이같이 행동했나. 마음이 작아지거나 상처받는 일이 생기면 쪼르르 달려갔다. 그때마다 진운은 새봄의 머리를 쓰다듬으며 한 팔로 안았다. 작은 새봄은 진운의 가슴팍에 머리가 닿았고, 술 마시고 전봇대에 콩콩 머리를 찧듯이 가슴에 머리를 찧었다. 괜찮아, 오늘도 잘 버텼어. 토닥이던 그 손길이 유일한 안식처였다.

새봄의 투정이 좋다고 했다. 자신이 도와줄 수 있어 기쁘다고 했다. 위로가 되어 다행이라고 했다. 함께하는 모든 시간이 행복하다고 했다. 그런데 이별의 순간에는 너무 아이 같아서 헤어진다고 했다. 어떻게 사랑하는 이유가 헤어지는 이유가 될 수 있는 것인지, 새봄은 아무리 생각해도 이해되지 않았다.

헤어진 뒤 세 번 메시지를 보냈다. 전화는 하지 못했다. 알지 못하는 목소리가 들릴까 봐 무서웠다. 진운은 가끔 화나면 낮고 웃음기 없는 목소리로 전화를 받았다. 마치 낯선 사람처럼. 첫 번째 메시지에는 '잘 지내'라는 답장이 왔고, 두 번째 메시지에는 '그만 좀 해'라는 답장이 왔고, 세 번째 메시지에는 아무것도 오지 않았다. 헤어진 사람을 붙잡고 연락하는 것조차 아이 같은 건가. 그런 생각이 들고 나서야 새봄은 연락하지 않을 수 있었다.

테이블에 널린 꽃가지들을 정리하고 가게를 둘러봤다. 처음 '플라타너스'를 열 때는 사랑이 넘치는 꽃집으로 만들겠다는 포부에 가득 차 있었다. 지금 이 공간은 조명이 밝고 창가에 비치는 달빛도 따뜻한데다

환한 꽃으로 가득했지만, 어쩐지 사랑은 보이지 않았다. 주인이 이 모양이어서인가. 자학 아닌 자학을 하며 불을 껐다. 딸깍 소리와 함께 그나마 남아 있던 온기도 꺼졌다. 잠긴 문을 한 번 더 밀어보고는 가게 옆으로 발걸음을 옮겼다. 레콩포르는 아직 환하게 불이 켜져 있었다.

"언니, 아아요. 얼음 많이."

새봄이 자연스럽게 주문하며 바에 앉았다. 앉자마자 테이블에 팔 한쪽을 뻗어 머리를 뉘었다. 늘어진 새봄을 보고, 소윤이 원두를 마저 정리하며 오늘 안부를 물었다.

"지쳤네, 힘들었어?"
"몸은 안 힘들었는데, 마음은 조금요."
"우리 디카페인 원두 들였어. 지금 커피 마시면 잠 못 잔다?"
"언니는 쓸데없이 너무 다정해."
"쓸데없이 다정한 게 어디 있어? 다 쓸 데 있으니 다정한 거야. 얼마나 좋아, 다정한 거."

새봄이 입을 삐죽이자 소윤이 새봄의 머리를 살짝 쓸었다. 그 손길에 엎드려 있던 새봄의 머리카락이 살짝 날렸다. 다정함에 치사량이 있다면 이미 죽지 않았을까. 새봄은 생각했다. 입가에 자신도 모르게 미소가 지어졌다. 소윤의 말과 행동에는 늘 다정이 묻어났다. 처음 만났을 때부터.

*

몇 년 전, 꽃집을 차리기로 결정하고 매물을 보러 다녔다. 한여름이었다. 이마에 송골송골 땀이 맺힌 진운이 바닷가 근처나 시내 쪽으로 나가는 게 좋지 않느냐며 설득했지만, 이상하게도 새봄은 양양의 명소와는 거리가 먼 이 구석진 동네가 좋았다. 낮은 건물들 사이에 있는 조그마한 건물. 여행객이 잘 찾지 않는, 대신 소음도 적은, 그래서 고양이 우는 소리마저 잘 들리는 곳. 진운은 새봄의 고집을 꺾지 못했고, 새봄은 계약서에 사인했다. "나중에 사람들이 안 온다며 울상지어도 몰라!" 소리를 들으면서도 자신의 결정에 흡족해했다. 수중에 있던 돈을 다 털고, 은행의 힘도 빌려야 했지만 좋았다. 나만의 공간이 생긴다는 것.

작지만 창가에 햇살이 잘 드는, 통나무로 된 긴 테이블이 잘 어울릴 것 같은 곳. 계약을 마치고 부동산에서 나와 몇 주 뒤면 꽃집이 될 공간을 다시 둘러보고 옆 카페에 들어와 더위를 식혔다. réconfort. 프랑스어로 '위로'라는 뜻. 새봄이 혀를 입천장에 붙였다 떼어내며 '레' 소리를 발음했다. 4년 내내 공부한 게 헛되지는 않았다고 생각하며.

사이좋게 아이스 아메리카노를 두 잔 시키고, 어떻게 공간을 구성할지, 꽃집 이름은 뭐라고 할지 한참 떠들었다. 목소리가 조금 컸던 걸까. 소윤이 커피를 내어주며 인사를 건넸다.

"꽃을 만지는 사람은 다 예쁜가 봐요."

새봄은 그때 소윤이 남자였으면 아마 진운을 버리고 바람을 피웠을 거라고, 시간이 지나서 말했다. 좀처럼 소리 내어 웃지 않는 소윤이 그 말을 듣고서는 크게 웃음을 터뜨렸다. 진운과 함께할 때도, 헤어지고 혼자일 때도 이곳에 왔다. 새봄이 꽃집 다음으로 많은 시간을 보내는 곳이었다. 그렇게 옛 생각에 빠져 있는데 처음 만난 날처럼 소윤이 새봄 앞으로 유리잔에 담긴 아이스 아메리카노를 내밀었다.

"디카페인 원두는 뭐가 달라?"
"디카페인용 원두가 따로 있지. 원래의 원두에서 카페인을 분리한. 너는 별 차이 못 느낄걸?"

새봄은 커피를 맥주 마시듯 벌컥벌컥 들이켜고는 잔을 내려놓았다. 투명한 유리잔 안의 얼음이 엉겨 붙었다. 새봄은 그제야 오늘 있었던 일을 이야기했다.

"손님 중에 노신사분이 계셨는데 이 8월에 동백을 찾으시는 거야. 동백은 겨울꽃이잖아. 근데 꼭 그 꽃이어야 한다고 하시더라고."

다행이었다. 오늘을 누군가에게 말하지 못한다면 곪아버릴 것 같았다. 꼭 누군가에게 모든 이야기를 해야 한다고 생각하지는 않지만, 아무에게도 속마음을 터놓을 수 없다고 상상하면 무서웠다. 몇 년 동안 진운이 없는 삶은 생각해보지 않았고, 그래서 마음이 통제되지 않았다. 빈틈이 생기면 버려졌다는 생각이 찾아와 머릿속을 헤집었다. 그런 새봄의 마음을, 아니 표정을 읽었던 걸까. 소윤이 들어주었다. 사소한 이야기에 귀 기울이고, 선택을 응원하고, 하루를 무사히 보낸 것을 칭찬해주었다. 조그마한 일을 걱정으로 만드는 새봄에게 조그마한 일이 아닐 수도 있다고 이야기해주었다. 언젠가 새봄이 언니가 없었으면 버티지 못했을 거라고 고백하자 소윤은 말했다.

"아니, 혼자여도 버텼어. 너는 버틸 수 있는 사람이니까."

민
·
내 안의 모든 글자를
만든 사람

　　　　　　　　글이 잘 써지지 않을 때면 동
사를 나열한다. 물어본다, 가져간다, 든다, 감싼다, 닦
는다, 내민다, 돌린다. 동사를 나열하다 보면 문장을
엮는 시간이 온다. 그렇게 글을 쓰기 시작한다.

　민은 레콩포르의 바리스타로 평일 여덟시 오픈 시
간부터 오후 세시까지 커피를 만든다. 이후에는 제일
외진 자리에 앉아 노트북을 펼쳐놓고 마감 시간까지
글을 쓴다. 몇 년째 SF소설을 쓰고 있는데 뜻대로 되
지 않았다. 대학을 졸업하고 쓰는 일에만 매달렸다.
이제는 제대로 된 글로 인정도 받고, 인생에 어떤 수
식어든 붙어야 하는 나이인데 그러지 못해 조바심이

나곤 했다.

연애 기간은 10년. 7년은 따로 살다가 3년은 동거했다. 각자 살던 7년의 시간보다 함께 산 3년 동안 서로를 더 많이 알았다. 동거는 작은 습관부터 온갖 버릇, 알고 싶지 않은 행동까지 상대의 모든 것을 알게 했다. 누군가가 동거에 관해 물으면 이렇게 얘기하고 싶었다. 모든 것을 함께 나누다가 끝내는 모든 것을 둘로 나누게 된다고.

애초에 동거를 시작할 때 언젠가 끝날 수도 있다고 생각했다. 결혼이라는 형태로 바뀌는 게 아니라 언제든지 사랑이 소멸될 수도 있다는 가능성을 열어놓았다. 그래서 누군가의 공간에 나머지 한 명이 들어가는 형태가 아니라 신혼집처럼 새 공간을 마련해 함께 꾸렸다. 나중에 헤어지고 한 사람이 나가면 나머지 한 사람이 감당해야 하는 고통이 너무 크다는 준의 말이 꽤 로맨틱하게 들렸다.

현관문을 열고 들어가면 슬리퍼 두 개, 욕실에 꽂혀 있는 칫솔 두 개, 그 옆의 면도기 두 개, 거실 소파의

쿠션도 두 개, 와인잔부터 식기까지 모두 두 개. 짝이 있는 것보다 짝이 없는 것을 찾는 게 더 쉬웠다. 그 점이 자주 불안을 해소해주었다. 유난히 지친 상태로 집에 돌아왔을 때 눈에 들어오는 사이좋게 두 개씩 놓여 있는 물건, 싸워도 결국 나란히 베개를 베고 자는 행동은 함께하는 시간이 지속될 거라는 무언의 암시를 담고 있었다.

바라본다, 웃는다, 쓸어 넘긴다, 만진다, 잡는다. 준을 생각하면 수없이 많은 동사를 나열할 수 있었다. 민 안의 모든 단어를 그가 만들었고, 민이 쓰는 모든 문장이 그에게서 나왔다. 그러니 김민의 글 역시 정준 그 자체였다.

그런 전부와 헤어졌다. 막 봄이 지고 있을 때였다. 10년이라는 연애 기간은 말 한마디로 추억이 되었다. 민과 준은 서로 나쁜 감정을 남기지 않고 헤어지기로 합의했고, 누가 무엇을 가져갈지 의논했다. 첫 번째 대상은 고양이 마틸다. 함께 길에서 구조했고, 같이 치료했고, 치료비 마련을 위해 둘 다 아르바이트했다. 내 한 몸 건사하기도 힘들어 결혼이나 자식에 대해 진지하게 생각해본 적 없었는데, 아이가 있다면 이런 마음이겠구나 싶었고, 모든 생명에는 책임이 따른다는 준엄한 사실을 배웠다. 두 사람의 사랑을 가장 가까이에서 지켜본 목격자이자 동거묘. 둘은 마틸다를 두고 여러 날 언쟁했다.

그다음으로는 냄비, 컵, 고양이 무늬 러그, 이케아 선반…… 모든 것을 나눠야 했다. 컵만 해도 쌍으로 가져갈지 각자 가져갈지, 하나하나 정하느라 힘들었다. 독한 놈. 다행히 준의 말대로 한 사람이 감당해야 하는 고통은 줄었지만 피곤한 건 어쩔 수 없었다. 둘 다 새집을 구해야 했으며, 들어올 때보다 물건이 두 배로 늘어났기에 정리해야 할 짐이 넘쳤다. 모든 정리를 일주일 만에 마쳤다. 3년이라는 시간을 일주일 만에 정리하다니. 같이 산다는 건 생각보다 별거 아니었다. 짐이 그렇게나 많았는데 떠날 때 보니 작은 다마스 차량에 쏙 들어갔다. 함께한 3년이 다마스에 담겼다. 어쩌면 우리의 10년이.

헤어지고 본가로 돌아왔다. 부모님은 애초에 준과 지냈던 집을 작업실로 여겼기에 몇 년 만에 돌아온 딸을 기쁜 얼굴로 반겼다. 이제는 글을 쓰지 않기로 했구나! 취업할 거니? 직접적으로 말하지는 않았지만 그런 느낌이었다. 그러나 민이 며칠째 들어앉아 노트북 작업을 하자 당신들의 생각이 틀렸음을 알게 되었다. 민은 모든 게 성가셨다. 가족과 고작 3년 떨어져 살았을 뿐인데 마치 남인 듯 불편했다. 몇십 년을 살아온 이곳이 아닌 고작 3년 동안 머문 그곳이 집 같았고, 몇십 년 부대껴온 부모가 아닌 그가 가족 같았다.

"어휴, 머리카락이 이게 뭐니. 청소 좀 해."
"문 벌컥벌컥 열지 말라고."

다 큰 딸에게 사과를 깎아 배달하려던 엄마가 방 문턱에 서서 잔소리했다. 민은 엄마의 손에서 사과가 담긴 접시를 빼앗고 날카롭게 답했다. 거실에서 아빠가 보는 티브이 소리가 민의 귓가에 평소보다 크게 들렸다. 사과가 담긴 접시를 책상에 올려놓고 바닥에 앉아 군데군데 떨어져 있는 머리카락을 손바닥으로 쓸다가 생각이 났다. 정준.

샤워를 마치고 젖은 머리로 선풍기 앞에 앉았다. 준이 마른 수건을 가져다주며 젖은 수건을 빼앗아갔다. 드라이기를 연결하고 자신의 앞 바닥을 탁탁 쳤다. 가끔 그 행동을 보고 마틸다가 그 자리에 앉을 때면 둘이 배꼽을 잡고 웃었다. 양반다리를 하고 앉으면 준이 머리카락을 말려주었다. 미용실 원장님의 스킬은 없지만 소중한 무언가를 만지듯 매번 어려워하는 정성스러운 손길이었다. 분명 처음에는 민이 스스로 한다고 했었다. 나이가 몇 살인데, 어린아이 취급하지 마. 준은 답했다. 누가 뭔가를 대신 해주는 게 아니라 애정 표현인 거야. 그러지 좀 마.

"그래도. 네가 요리도 하고, 설거지도 하고, 청소도 하잖아. 내가 하는 게 너무 없잖아."

"너는 대신 분리수거를 하지. 맛있는 커피도 내려주고. 네가 아침마다 텀블러에 내려주는 커피를 사무실 도착해서 한 모금 마시잖아? 그러면 뭐든 할 수 있을 것 같다? 용기라도 타는 거야?"

실없는 소리에 민이 인상을 조금 찌푸리자, 준이 나지막하게 말했다.

"너는 글을 쓰잖아. 소중한 손이야. 다치지 않는 것만 했으면 좋겠어."

머리카락으로 생각이 여기까지 와버렸다. 와, 김민. 돌아버리겠네. 다행히 전화벨 소리가 민을 현실로 불러냈다. 소윤의 연락이었다.

소윤은 준의 형수다. 그러니까 헤어진 남자친구의 형수. 준이 바쁜 주말이면 민은 소윤의 카페에서 일을 도와주고, 글을 썼다. 그런 민을 소윤은 예뻐했고, 자주 안부를 물었다. 요즘 통 연락이 없자 먼저 연락한 것이다. 잘 지내느냐는 안부에 잠시 고민하다 헤어졌다고 털어놓았다. 아주 잠깐이었지만 둘은 아무 말도 하지 않았다. 침묵을 깨고 소윤은 양양에 오지 않겠느냐는 말로 괜찮으냐는 물음을 대신했다. 용돈벌이로 카페 아르바이트 경력과 바리스타 자격증이 있던 민에게는 좋은 기회였다. 헤어진 남자친구의 형수이지만, 다행히 준의 직장은 서울이고, 이직한 후로는 더 바빠졌으니 마주칠 일도 딱히 없을 것 같았다. 무엇보다 집을 나가고 싶었다. 매번 엄마가 방문을 벌컥벌컥 열고 아빠의 티브이 소리가 들리는 집. 민은 '자기만의 방'에서 다시 글을 쓰고 싶었다. 소윤의 제안에 그러겠다 답하고는 부동산 중개 앱을 켜 카페 근처 작은 원룸을 찾았다.

레콩포르에서 정식으로 커피를 내린 지 두 달이 조금 넘었다. 양양의 삶에 조금은 익숙해졌다. 레콩포르는 양양의 구석진 마을에 있다. 바다가 보이지 않는 곳. 간혹 서퍼들이 오지만 흔한 일은 아니었다. 여느 한적한 시골에 있는 동네 카페와 비슷했다. 조금 다른 점이 있다면 더욱 신경 써서 준비한 신선한 원두, 스페셜티 커피, 그리고 결이 비슷한 단골손님이랄까.

오픈하고 30분쯤 지나면 제일 먼저 등장하는 중년 여성이 있다. 과테말라 원두로 늘 따뜻한 아메리카노를 시키고, 커피를 건네받으면 옅은 미소로 답하고, 창가 자리에서 한 시간 남짓 책을 읽고 떠난다. 비가 내리는 날에도 온다. 항상 같은 시간에 같은 자리에서 책을 읽는 손님. 어디에 사는 걸까, 이곳에 오는 특별

한 이유라도 있는 걸까. 궁금하지만, 묻지는 않는다.
소윤에게 배웠다.

소윤은 손님이 먼저 이야기하기 전에는 스몰 토크를 하지 않는다. 밝게 인사하고, 추천해달라는 요청이 있을 때 성의껏 원두를 설명하지만, 자신의 이야기를 늘어놓거나 상대의 이야기를 일부러 꺼내지 않는다. 그럼에도 사람들은 자신의 이야기를 슬며시 비쳤다. 소윤은 이야기에 고개를 끄덕이고, 작은 디저트를 내놓거나 커피를 리필해주는 것으로 마음을 대신했다. 말로 채우지 않는 조용한 관계도 신뢰가 쌓일 수 있음을 소윤 덕에 알았다. 민은 소윤이 이제껏 꾸려온 공간의 분위기를 해치고 싶지 않았다.

오전 열시쯤 되면 노트북을 가지고 등장하는 앳된 대학생 둘이 있다. 아마 방학을 맞아 본가로 내려온 듯했는데, 그들이 처음 왔을 때 민에게 던진 질문이 기억에 남아 있다. 그들은 유난히 빛나는 눈망울로 "혹시 노트북 해도 되나요?"라고 물었다. 소윤이 마침 일찍 출근한 날이어서 "물론이죠"라고 답했다. 그날 이후 두 사람은 많게는 월요일부터 금요일까지 출석

도장을 찍었고, 적게는 일주일에 세 번 정도 자리를 지켰다. 무엇보다 작업 시간이 세 시간을 넘기면 꼭 음료를 한 번 더 주문했다. 하루는 민이 "꼭 그러지 않아도 돼요"라고 말했다. 사장도 아니면서. 그들은 "목이 말라서요" 하고는 웃으며 자리로 돌아갔다.

두 학생이 한참 작업 중일 때 들르는 두 명의 손님도 있다. 언덕 위 도예 공방 '수공방' 식구들이다. 공방 사장인 수찬과 직원 유준. 소윤과 친한 사이기에 민도 생각보다 빨리 친분을 쌓을 수 있었다. 늘 텀블러에 얼음 가득 아이스 아메리카노를 담아 가는 두 사람.

요즘 소윤은 공방 식구들이 가고 나면 등장한다. 스콘, 쿠키 등 간단한 과자를 집에서 구워 트레이에 진열하고, 모양이 예쁘지 않은 것은 작게 잘라 민의 입에 넣어준다.

민은 핸드드립을 내리는 바를 가장 좋아했다. 손님들도 그곳에 앉아 천천히 떨어지는 커피를 바라보며 멍을 때리기도 했다. 일명 커피멍. 민 역시 손님이 없는 시간에는 드립을 한 잔 내려 바 의자에 걸터앉아 창밖을 바라봤다.

"예가체프로 두 잔이요!"
"말 안 해도 알죠."

단골손님이 오면 더 신이 났다. 커피를 내리며 안부를 주고받았다. 그들의 어제를, 오늘을, 내일을 들었다. 그 이야기들은 글에 영감을 주거나, 하루의 유일한 웃음이 되어주었다.

희나

·

내 마음은
고마움이라고?

　　　　　　　　행복은 무엇일까. 나이를 기준으로 행동을 제약하는 게 옳지 않은 걸 알지만, 30대가 되고 나서는 아무 일 없이 지나가는 하루가 행복이었다. 너무 기쁘거나 너무 슬프지 않은 평범한 날로 이어지는 일상. 하루를 무탈하게 보내고 맥주 한 캔을 마시고 잠에 드는 삶. 이런 생각을 서른셋 즈음 처음 했던 것 같은데 어느새 정신 차려보니 서른여덟이 되어 있었다.

　지난달, 희나는 상견례를 가졌다. 양가 부모님이 아들딸을 '잘 키워주셔서 감사합니다'라는 덕담을 주고받고, '부족해도 우리 아이 예쁘게 봐달라'는 형식적인 인사를 나누고 자리가 마무리되었다. 10월 말로 예식장을 예약했고, 메이크업숍도 정했으며, 스튜디오 사진은 생략하기로 했다. 남은 건 청첩장뿐이었다. 결혼을 준비할 때 남자는 도움이 되지 않는다는 소리를 숱하게 들었지만, 수호는 정말로 도움이 되지 않았다. 다 좋아, 다 예뻐, 그런 사람을 데리고 겨우겨우 준비를 끝냈다.

그리고 불과 일주일 전, 수호와 작은 다툼을 했다. 다툼의 시작은 별것 아니었다. 정말로 별것이 아니었기에 생각도 나지 않았다. 무언가 때문에 싸웠고, 서로 연락하지 않은 채 일주일이 흘렀다. 열흘이 넘어갈 무렵, 산책하자는 연락이 왔다. 그래, 라고 답하고 서둘러 옷장에서 카디건을 챙겼다. 초여름, 아직 쌀쌀함이 남아 있었다. 엘리베이터 앞이 아닌 저 멀리 서 있는 수호가 보였다. 그는 늘 엘리베이터 앞에서 기다렸기에 조금 낯설었다. 인기척에 수호가 발끝에 머문 시선을 다가오는 희나에게로 옮겼다. 희나가 어색하게 웃으며 오랜만이라 말하니 수호도 어색한 미소를 지었다.

수호는 그동안 많은 생각을 했다고 했다. 분명 그 생각을 들었는데 기억이 나지 않는다. 결혼을 석 달 앞두고 수호는 희나에게 이별을 고했다. 이유는 희나가 본인을 사랑하지 않아서. 수호의 말을 빌리자면 희나는 누군가를 아끼지도, 누군가를 사랑하지도 못하는 사람이었다. 두 사람이 만난 시간 동안 수호를 사랑하지 않았다고, 그래서 떠난다고 했다. 한참을 아무말도 하지 않다가 겨우 입술을 떼었다.

"그럼 내가 한 것은 뭐야?"
"고마움."

상대의 사랑에 대한 고마움. 수호는 희나의 마음을 그렇게 말했다. 희나는 아무런 변명도 하지 않았다. 고작 2년 만났지만, 수호가 그렇다니 그런 사람인 것 같았다. 누군가를 사랑할 수 없는 사람, 누군가에게 마음을 내어줄 수 없는 사람. 울지 않았다. 서로의 안부를 묻지 않은 시간 동안 이별을 예상해서는 아니었다. 그냥 눈물이 나오지 않았다.

양쪽 집안에 각자 잘 설명하고, 만나서 해결해야 할

일이 있다면 만나자고 했다. 건강 챙기라는 말도 덧붙였다. 어른스러운 이별이었다.

*

수호와는 대학 동기 우희의 소개로 만났다. 우희의 오빠가 희나가 일하는 와인숍 근처 방송국 PD였고, 후배 PD인 수호를 데리고 와인 선물을 사러 온 것이 계기였다. 우희가 오빠에게 와인숍을 소개했다는 연락을 받기는 했지만 대형 쇼핑몰에 입점한 와인숍은 늘 붐벼서 모든 손님을 응대할 수는 없었다. 계산대에서 희나의 명찰을 보고 알은체했기에 겨우 인사할 수 있었다. 아주 잠깐이었다. 그 옆에 있던 수호의 얼굴을 기억할 리 없었다.

그로부터 몇 주가 지났을까. 우희가 희나에게 수호를 만나보기를 권했다. 희나 곁에는 사람이 많지 않았다. 친구라 할 수 있는 사람은 겨우 다섯 손가락으로 꼽을 정도. 그중 한 명인 우희의 부탁이니 나간 자리였다. 물론 라디오 PD라는 직업이 희나를 솔깃하게 하긴 했다.

오랫동안 불면을 겪었다. 혼자 깨어 있는 밤. 누가 시키지 않아도 보초를 서는 밤. 그 밤에 유일한 낙이라고는 라디오를 듣는 일이었다. 그 늦은 시간에도 깨어 있는 사람이 많다는 사실이 위안이 되었다. 새벽 두시가 되면 시인이 사연을 읽어주는 프로그램을 자주 들었다. 시를 전혀 모르는데도 시인의 목소리가 좋았고, 유난히 사람 냄새 나는 사연들이 좋았다. 라디오 PD라는 직업이 궁금했다. 그렇게 수호를 처음 만났다.

무던한 사람이었다. 좋아하는 것도, 싫어하는 것도 좀처럼 드러내지 않는 사람. 다 괜찮다고 하는 사람. 세 번째로 만났을 때 희나는 수호가 자신과 비슷한 사람이라 여겼다. 그래서 말했다. 우리 비슷하네요. 헤어질 때에야 안 사실이지만, 수호는 희나와 비슷하지 않다고 했다. 희나의 마음에 들기 위해 열심히 무던한 척했고, 그렇게 몇 번의 계절을 보내는 동안 희나의 사랑을 바라다 지쳐버린 것 같다고 했다. 어깨를 나란히 걸으며 수호는 자신이 느꼈던 감정을 설명했다. 집에 돌아와 침대에 걸터앉은 채 희나는 수호의 말을 곱씹었다.

헤어지고 제일 먼저 엄마에게 전화를 걸었다. 돌이키지 못한다면 제일 먼저 해야 할 일은 해결하는 것이다. 엄마가 전화를 받자마자 본론부터 말했다. '결혼 못 할 것 같다'는 말에 엄마가 이유를 물었고, '헤어졌다' 답했다. 아빠에게는 당신이 설명한다는 말을 끝으로 전화는 끊겼다. 이런 일이 생길 때면 엄마가 같은 여자라는 점이 이토록 고마울 수 없다. 엄마는 다정한 사람은 아니었지만, 가끔 큰일이 생기면 해결사로 나서주었다. 엄마가 아빠에게 말하면 집안이 발칵 뒤집힐 것이다. 수호를 설득해서 결혼을 치르라 할지도 모른다. 그런 일을 감당할 힘이 희나에게는 없었다.

서둘러 일정을 확인했다. 다행히 쉬는 날 이틀이 붙어 있었다. 점장에게 전화를 걸어 급한 용무가 있어 하루 더 휴가를 내고 싶다고 했다. 희나로서는 자주 있는 일이 아니라 점장은 별일 아니지, 물으며 매장은 신경 쓰지 말라고 했다. 통화가 끝나자마자 숙소를 예약했다. 이왕이면 조용한 동네, 서울과 멀리 떨어진 곳. 가볍게 짐을 챙겼다. 이 집에 있다가는 언제 아빠가 찾아와 자초지종을 따져 물을지도 몰랐다. 피하고 싶었다. 서둘러 집을 나섰다.

*

메시지로 온 숙소 비밀번호를 누르고 들어서자 아늑한 인테리어의 가정집이 희나를 반겼다. 짐을 풀지도 않고 침대에 누웠다. 툭 하고 침대에 몸을 내려놓는 순간, 툭 하고 눈물이 나왔다. 처음에는 조금씩 흐르던 눈물이 볼을 지나 이불이 축축해질 만큼 흘렀다. 입술을 꾹 다물어도 울음소리가 새어 나왔다. 창피해서도 아니고, 결혼을 못 해서도 아니다. 사랑하는 사람에게 선택받지 못했다는 사실이 '결국 당신은 탈락입니다' 말하는 것 같았다.

서른을 넘기고는 한 번도 울지 않았다. 모든 일을 스스로 선택했는데, 울면 선택을 후회하는 사람이 될 것만 같았다. 자신의 선택에 책임을 지는 사람이 되어야 한다는 강박도 있었다. 이제 와서 보니 모든 선택이 실패한 것 같았다. 모든 선택이 잘못된 것 같았다. 그렇게 한참을 울었다. 이제껏 흘리지 않고 꾹 참았던 몇 년 치 감정들이 눈물이 되어 쏟아졌다.

얼마나 울었을까. 몸의 수분이 다 빠져나간 느낌. 목

도 마르고, 배도 고팠다. 그렇게 울고는 배가 고픈 게 조금 어이없다 생각하며 숙소를 나와 가볍게 한 바퀴 돌았다. 지나다니는 사람이 몇 없었다. 숙소 1층에 있는 카페로 들어가니 직원이 문 앞의 OPEN 팻말을 CLOSED로 바꾸고 있었다. 아직 여섯시밖에 되지 않은, 해도 지지 않은 시간이었다.

"끝났나요?"
"갑자기 전기가 나가서요. 죄송해요."

알겠다고 돌아서려는 순간, 희나의 부은 눈을 보고 직원이 덜컥 옷자락을 잡았다.

"어두워도 괜찮으면 들어오실래요?"

왜였을까. 평소라면 괜찮습니다, 하고 돌아섰을 텐데 그러겠다는 말이 나왔다. 따뜻함에 굶주린 사람처럼. 직원이 사장으로 보이는 여자에게 "소윤 언니, 초대 손님이요!" 소리쳤다. 소윤은 안쪽 소파를 가리키며 앉기를 권했다. 초에 불을 켜 테이블에 놓자 어둡던 자리가 환해졌다.

"전기가 나가서 맛있는 거나 먹자 싶어 떡볶이를 사왔는데, 민이가 초대 손님을 데려왔네요."

"아, 저는……."

'역시 아냐, 처음 보는 사람들과 밥을 먹다니.'

주춤거리는 몸짓을 알아챘는지 소윤이 물었다.

"저녁 드셨어요?"

"아니요, 아직."

"이 동네는 외져서 음식 배달이 안 돼요. 조금 나가면 음식점이 있긴 해도 초저녁이면 닫거든요. 양양에서 제일 맛있는 떡볶이라 꼭 드셨으면 좋겠어요."

신기한 조합이다. 카페 주인 소윤과 직원 민과 처음 보는 손님 희나가 마주 앉아 떡볶이를 먹고 있다. 생각보다 매워 눈물도 났다. 이야기를 나누다 보니 숙소 관리자가 소윤이라는 사실을 알게 되었다. 놀라서 건물주냐고 묻는 말에 소윤은 손사래를 쳤다.

"아뇨, 제가 아니라 저희 할머니요. 희나 씨가 묵는 숙소와 그 위의 제가 사는 곳, 그리고 이 카페 모두 빌린 거예요. 저도 세입자인걸요."

소윤이 다정한 미소로 말을 이었다.

"희나 씨가 들어오는데 어쩌면 오늘 묵는 분일 수도
있겠다 싶었어요."
"어떻게요?"

차갑게 우린 민트 티 석 잔을 탁자에 놓으며 민이
물었다.

"이 동네 사람 같지 않잖아. 아무리 편하게 입어도
그런 느낌이 들더라고."

대화는 즐거웠다. 둘은 선을 넘지 않았지만, 어찌 된
일인지 희나는 자신의 파혼을 털어놓았고, 담담하게
이곳에 온 이유를 설명했다. 처음 본 사람들에게 이런
이야기를 하는 자신을 이해할 수 없었는데, 둘은 처음
부터 끝까지 놀란 기색 없이 들어주었다. 한참 이야기
를 듣던 소윤이 희나에게 조심스레 베이킹 클래스를
권했다.

"내일 아침에 베이킹 클래스가 있어요. 의외로 낯선 곳에 와서 낯선 행동을 하는 분들이 많아요. 희나 씨에게도 도움이 되지 않을까 싶네요."

조금 고민하다가 좋다, 고 답했다. 그날 밤, 울어서인지, 배부르게 떡볶이를 먹어서인지, 아니면 소윤과 민과 나눈 이야기가 즐거워서인지 희나는 금세 잠들 수 있었다. 기분 좋은 꿈을 꾸지는 않았지만 깊은 잠이었다.

Season 2

가을

지안

·

인생에 빨간불이
들어왔다

여름에 열린 베이킹 원데이 클래스에서 지안과 희나와 새봄은 처음 만났다. 손으로 뭔가를 만지면 스트레스가 풀린다는 소윤을 따라 얼그레이스콘과 크랜베리너트쿠키를 만들었다. 난생처음 해보는 베이킹. 정말 소윤 말대로 스트레스가 조금은 풀리는 듯했다. 아이들이 슬라임을 만지는 이유가 이런 것인가 하며 쿠키 모양을 만들어 판에 올려놓았다.

클래스가 끝나고 카페를 나서려는데 새봄이 희나와 지안을 붙잡았다. 양양에서 제일 맛있다는 막국숫집을 안다며. 희나는 난처한 표정으로 지안을 바라보

앉고, 지안은 어차피 먹어야 할 점심인데 맛집에서 먹으면 좋지 않냐고 했다. 그렇게 새봄과 지안과 희나가 평상에 둘러앉아 막국수를 먹었고, 살짝 더웠고, 정말로 맛있었다. 지안은 이름밖에 모르는 사람들과 점심을 먹고 있는 자신의 모습에 살짝 웃었다. 몇 년 전, 수영장 회원들과 회식했을 때 어색했던 자신을 떠올리며, 나이가 들면서 낯가림은 필요에 의해 사라지는 것 같다고 생각했다. 바다에 노을이 불그스름 깔릴 무렵 셋은 다시 카페로 돌아왔고, 영업이 끝난 카페에서 시간 가는 줄 모르고 이야기를 나눴다.

"신기하죠?"
"그러게요."
"소윤 언니 옆에 있으면 이렇게 신기한 일이 생겨요. 언니는 늘 주위를 돌봐요."

만난 지 이틀 된 사람을 안다고 할 수는 없었지만, 무슨 의미인지 알 것 같았다. 소윤은 포근한 사람이었다. 마치 담요처럼 부드럽고, 따뜻하고, 넓은.

세 사람은 모두 올해 이별을 겪었다. 혼자가 된 시

점은 달랐지만 우연치고는 신기한 만남이었다. 처음 이별을 고백한 건 지안이었다. 어쩌다 양양까지 와서 베이킹 클래스를 듣게 되었느냐는 새봄의 물음에 솔직하고도 담담하게 설명했다. 올여름 5년을 만난 남자친구와 헤어졌고, 정신없이 지내다가 바다가 보고 싶어 무작정 양양에 왔는데, 막상 바닷가의 활기를 마주하니 보기 싫었고, 그래서 조용한 레콩포르에서 멈추게 되었다고. 지안의 말이 끝나자마자 희나가 "저도요"라고 말을 더했고, 주전자에 티를 우릴 여유분의 물을 담던 민이 말했다.

"헤어진 사람 여기 추가요. 셋이었는데, 둘이 되었죠."

민의 말에 새봄이 깜짝 놀라며 헤어졌냐고 물었다. 그리고 조심스레 자신의 이별도 비쳤다. 민은 표정 하나 변하지 않고 애초에 헤어졌는데 소윤 언니가 불러서 왔다고 덧붙이며 비어 있는 찻잔에 물을 따랐다.

"근데, 언니 전 남자친구가 소윤 언니 시동생 아니에요?"
"맞아."

지안이 이상한 표정으로 전 남친 형의 아내가 운영하는 카페에서 일하는 거냐며 확인했고, 민은 왜 이상하냐는 듯 고개를 끄덕였다.

서울에 돌아온 뒤로도 베이킹 클래스를 핑계로 양양을 계속 찾았다. 회사 사람들은 "베이킹하러 양양에 간다고?" "그게 말이야 뭐야" "베이킹 클래스 집 앞에도 있어" 하고 핀잔을 주었지만, 양양에 베이킹을 하러 간다고 말하는 자신이 근사하게 느껴졌다. 그래서 주말에 뭐 해, 라는 질문에 자주 그렇게 답했다. 베이킹하러 양양에 가. 양양에 있는 동안 이별한 네 사람은 돈독한 사이가 되었다. 양양에서, 지안은 대부분 웃었다.

그러나 일상은 달랐다. 건우의 흔적은 기다렸다는 듯이 계속해서 지안을 괴롭혔다. 집 여기저기에서 건우의 목소리나 물건이 툭툭 튀어나왔고, 그럴 때마다 화가 치밀었다. 어느 날은 퇴근하고 돌아오니 집 앞에 택배 박스가 여러 개 쌓여 있었다. 건우의 차와 집에 있던 지안의 물건들. 선글라스, 선크림, 책 몇 권, 캠핑용 컵, LP. 그 짐들을 하나하나 풀면서 슬펐다가, 기가 찼다가, 화가 났다가, 다시 슬펐다. 물건들을 거실 바닥에 늘어놓았다가 LP만 제외하고 버리려고 다시 박스에 넣었다. LP도 버리려다가 LP가 무슨 잘못이 있나 싶어 버리지 않았다.

이사를 할 때도 이사 비용 견적을 내고, 짐을 빼고, 가스와 통신을 끊고, 새집 입주 청소도 하고, 새로운 가구를 들이고, 짐을 옮긴 다음 다시 가스와 통신을 연결해야 한다. 해야 할 일이 이렇게나 많다. 연애도 마찬가지다. 지안은 연애가 끝날 때마다 시간을 들여 정리했다. 상대와의 추억을 되새기며 충분히 보고 싶어 했다. 그래서 헤어짐은 늘 길었고, 이 과정이 끝나야 마침표를 찍을 수 있었다. 이제 정말, 안녕. 하지만 건우는 지안에게 그럴 시간을 주지 않았다. 헤어짐의 이유가 다른 사랑이라는 사실을 알게 된 이후로는 잠시도 추억을 떠올릴 수 없었다. 집이 통째로 폭파된 느낌. 아무것도 가지고 나오지 못했다. 추억할 사진, 추억할 시간, 추억할 무엇도 남기지 않은 채 날려 보내야 했다.

책상 앞 건우의 그림을 떼어놓는 일을 제일 먼저 했

다. 시선을 돌릴 때마다 보이는 그림에 마음이 조여와 뗄 수밖에 없었다. 그다음은 휴대전화 속 9,800장의 사진. 건우와 만난 지 얼마 안 되었을 때 휴대전화를 구매했으니 앨범의 처음부터 끝까지 함께였다. 중간에 휴대전화가 한 번 바뀌었지만 사진은 그대로 옮겨왔다. 이렇게 될 줄 몰랐으니까. 이 조그만 기계 안에 함께한 시간이 다 담겼으면 했다. 사진의 처음으로 거슬러 올라가 건우의 얼굴이 포함된 사진을 한 장씩 넘기며 지우기 시작했다. 아, 특정 얼굴만 설정해 지우는 방법이 있지. 그렇게 사진을 지우니 같은 장소에서 찍은 지안의 사진만 남았다. 추억하기 싫은 장소, 추억하고 싶지 않은 시간이라면 내 사진이라고 해서 무슨 소용이란 말인가. 사진들을 넘겨 보다가 전체 삭제를 눌렀다. 앨범 속 사진이 0으로 바뀌었다. 5년이라는 시간을 날려 보냈다.

혼자 있는 주말, 새 여자친구와 데이트하고 있을 건우를 생각하면 열이 올랐다. 그렇게나 사랑했던 사람인데 잠깐 사이 증오의 대상이 되었다. 믿음을 배신한 상대방이 불행해야 할 것 같은데, 시간이 지날수록 지안만 불행해지는 것 같았다. 자다가도 갑자기 잠에서 깼고, 아침이 올 때까지 잠자리에 들지 못했다. 그런 날이 반복되자 회사에서 자잘한 실수가 나오기 시작했다. 삶에 구멍이 뚫리고 있었다. 빨간불이 들어왔다. 출근하자마자 커피를 사러 가는 길, 동기인 소민이 지안의 어깨를 툭 치며 말했다.

"상담받는 건 어때? 요즘 정신과 다니는 게 흠도 아니고. 윤 선배도 공황으로 약 먹었는데 많이 좋아졌대."

"그럴까, 근데 나 그 정도야?"

"상태가 심각해서가 아니야. 어쩌면 직장인의 80퍼센트가 공황장애일지 몰라. 예전에는 그 단어를 몰라서 그냥 지나갔다고 하잖아. 우리 모두 정신과를 다녀야 하는데 그냥저냥 살고 있는지도 모르지."

"그래도 남자랑 헤어졌다고 정신과에 가는 건."

"남자 때문에 가는 게 아니지. 인생에 빨간불이 들어왔으니 가는 거지. 감기 걸려서 병원 가는 거랑 뭐가 달라."

정신과 상담을 가볍게 대하는 말투 때문이었을까. 좋은 병원을 알려준다는 소민을 말리지 않았다. 점심

시간이 지난 뒤, 소민이 넘겨준 번호를 보며 고민하다가 금요일 퇴근 후로 예약했다. 소윤에게 전화가 걸려온 건 그날 저녁이었다.

"희나 씨가 승진했다고 해서 다 같이 모이면 좋을 것 같아요. 지금 단풍이 너무 예쁘거든. 혹시 선약 있어요?"

"아니요, 그건 아닌데, 언니 저 그게……."

정신과 예약을 했다는 말을 꼭 남에게 해야 하나. 그냥 병원이라 해도 되고, 아니면 약속이 있다고 둘러대도 되는 일이었다. 하지만 이상하게도 소윤에게 거짓말을 하고 싶지 않았다.

"괜찮은데, 괜찮은 것 같은데 자꾸 실수가 반복되니까. 그래서 상담 받으면 나아질까 싶어서요."

"좋은 생각이에요. 그런데 가을을 보내고 가보는 건 어때요?"

정신과에 가보겠다는 결정은 좋은 생각 같다면서도, 소윤은 믿는 구석이라도 있는 듯 말했다. 지안은 예약을 취소하고 소윤의 말대로 가을까지만 버텨보기로 했다.

*

"희나 언니, 여기 커피요. 얼음도 하나 넣었어요."
"고마워."

　따뜻한 커피를 두 잔 테이크아웃해서 차로 돌아와 한 잔은 조수석에 앉은 희나에게 건넸다. 희나의 승진을 축하하기로 한 날이었다. 부점장에서 점장이 되었다고 했다. 희나는 하는 일도 같고, 말만 승진이지 별다를 게 없다고 손사래쳤지만, 그 말만 다른 게 얼마나 많은 의미를 포함하는지 알고 있다며 소윤이 모두를 불러 모았다. 양양은 가을도 예쁘다며 오라고 했지만, 막상 약속한 날이 되자 약 올리듯 비가 추적추적 내렸다.

"비가 많이 오네. 운전 괜찮겠어?"
"괜찮아요, 천천히 가면 되죠."

지안과 희나는 라디오를 들으며 조용히 고속도로를 달렸다. 날씨 때문인지 '비' 노래가 흘렀다. 이문세, 에픽하이, 폴킴…… 시대를 넘나들며 빗소리와 함께 듣기 좋은 음악이 깔렸다. 너무 오래 비가 올 때는 라디오에서 비 노래를 틀지 않는다는 이야기를 주워들은 적이 있었다. 겨우 하루짜리 가을비라 좋은 음악을 듣는구나, 하며 지안은 처음 양양에 가던 날을 떠올렸다. 화창한 여름, 활기 넘치던 사람들을 보고 돌아서던 자기 모습을. 아무리 해도 잊히지 않는 지난 기억과 감정을.

새봄이 꽃다발을 준비했다. 문을 잠근 카페에서 메인 등만 켠 채로 조금 어둡게 저녁을 먹었다. 소윤이 직접 만든 치즈케이크를 가져오자 희나가 포즈 까농 로제 와인을 꺼냈다. 투명한 와인잔이 붉은빛으로 물들었다. 다 함께 희나의 승진을 축하했고, 모두가 웃었다. 그렇게 좋은 날로 마무리되나 싶었는데 분위기를 깬 건 지안이었다.

"역시 이 자리에 오면 안 됐나 봐요. 괜찮아진 줄 알았는데 자꾸 눈물이…… 아직도 자꾸 화가…… 좋은 날에 죄송해요."

두 손으로 얼굴을 감싸고 고개를 떨구는 지안을 소
윤이 안았다. 제일 멀리 떨어져 있던 새봄이 다가와
지안의 오른손을 잡았다. 민이 따뜻한 티를 만들자 희
나가 지안 앞에 두었다. 모두 자신의 자리에서 말하고
있었다. 괜찮다고, 더 울어도 괜찮다고. 울다 보면 괜
찮아질 거라고. 인생은 지치게 만들다가도 언제 그랬
냐는 듯 우리를 빛으로 따뜻하게 비춘다고.

가을비가 세차게 내리는 밤이었다.

새봄

·

시간이 지나면
나아진다고

시간이 지나면 나아진다고 했
다. 모두가 그랬다. 하지만 시간은 흘러가지 않았다.
여름이 되어도 봄이었고, 가을이 되어도 봄이었다. 계
속 그 자리에 머물러 있었다. 하나부터 열까지 챙겨주
던 사람이 없으니 실수가 늘었다. 내가 이렇게 형편없
는 인간이었나, 나는 왜 이리 손이 많이 가는 걸까, 이
렇게 어린애 같으니 떠난 거구나, 자책하는 시간도 늘
었다.

스스로를 갉아 먹던 중에 일도 늘어났다. 사실 꽃꽂
이 같은 건 가르칠 생각이 없었는데, 지안이 클래스를
열어달라고 해서 주말에 모여 꽃꽂이를 하고, 하필 지

나가던 동네 사람들이 문의해와 한두 번 더 연 것이 정기 클래스가 되었고, 이제는 1:1 클래스 예약도 받게 되었다. 자꾸 실수하는 마당에 일이 늘어 하루하루가 벅찼다. 클래스를 마치고 나니 저녁 여덟시 반. 퇴근하려던 참에 휴대전화 진동이 울렸다.

"희나 언니?"
"가게 문 닫고 있어?"
"응, 이제 가려고요."
"응, 빨리 나와."
"네?"

플라타너스 앞에 한쪽 손에는 담배를 들고 다른 손에는 휴대전화를 든 희나가 보였다. 새봄은 재빨리 문을 닫고 환하게 웃으며 다가갔다. 희나가 오지 말라며 마지막 한 모금을 피우고 서둘러 담배를 껐다.

희나의 첫인상은 차가웠다. 베이킹 클래스에서 희나를 처음 보자마자 예쁘다는 속마음이 입 밖으로 나와 클래스 사람들이 모두 웃었는데 희나만 웃지 않았다. 칭찬에 어색한 사람 같았다. 세련된 얼굴과 그에

어울리는 말투, 무슨 생각을 하는지 모를 표정을 짓고 있었지만 몇 번의 시간을 함께 보내고 알았다. 차가운 사람이 아니구나. 그저 감정 표현에 서툰 사람이구나. 그래서일까. 희나가 무심코 던지는 말이나 행동이 새봄에게 닿으면 따뜻해지곤 했다. 오늘 희나가 새봄을 찾아온 것도 그랬다.

"주말이 아닌데 어쩐 일로 왔어요?"
"그냥 답답해서. 내일 쉬는 날이기도 하고."

둘은 정반대의 사람이었다. 외모, 말투, 옷 입는 것까지. 새봄은 자신과 달리 어른스러운 희나가 좋았다. 다행히 희나는 새봄을 귀찮아하지 않는 듯했다. 해안도로를 달리다 남애 해수욕장에 주차했다. 가을이라 해가 짧아져서인지 인적이 드물었다. 밤바다를 바라보며 나란히 앉았다. 컴컴한 바다에 파도만이 철썩였다.

"언니는 괜찮아요?"
"글쎄, 괜찮아 보이나?"
"언니는 어른스러우니까. 저랑은 다를 것 같아서요. 그래서 물어봤어요."

"마흔이든 쉰이든 흔들리는 건 같지 않을까. 나이 먹을수록 요동치지 않으려 애써 몸부림치는 거겠지."

"저는 너무 쉽게 요동치는 것 같아요."

"다들 요동치는데 밖에서는 안 보이는 거겠지. 웃을 때 웃고, 울 때 울고, 사랑할 때 사랑하다 보면 닻이 하나하나 생기지 않을까. 파도가 쳐도 덜 흔들리고 덜 슬픈 날이 오지 않을까. 요즘은 그런 생각을 해."

희나가 엷은 미소를 지었다. 30대에는 어른이 되어 있을 줄 알았다. 새봄이 생각하는 어른은 자기 일을 누구의 도움 없이 충실히 해내는 사람. 난관에 부딪히더라도 혼자 해결할 수 있는 사람. 나이를 먹을수록 깨달았다. 자신이 생각하는 어른은 영영 될 수 없다는 것을. 누군가의 도움 없이는 난관을 헤쳐나가는 것도, 주어진 역할을 충실히 해내는 것도 쉽지 않았다. 나이가 들어도 흔들린다는 말에, 여전히 몸부림치고 있다는 말에 파도를 견디는 사람을 상상했다. 닻을 내리는 모습을 떠올렸다. 바닷소리가 귓가에 맴돌았다. 마치 물속에 있는 것처럼 아주 가까이 들렸다. 하나씩 차례로 닻을 내리는 모습을 떠올리자 이제 파도에 휩쓸리지 않을 것 같았다.

*

　양양의 여름은 활기차다. 늦봄부터 초가을까지 파도를 즐기며 한달살이를 하는 서퍼들로 숙소가 가득 차고, 여행자들로 닭강정 가게는 인산인해를 이룬다. 가을을 맞이해 젊은 자영업자들이 플리마켓을 열기로 했다. 새봄도 참가하기로 했다. 모든 일정에 참여하는 새봄은 소윤과 함께 준비위원이 되었다.

　준비 첫날, 참가하는 상점 사장들과 명함을 교환하고, 플리마켓에 출품할 물건을 확인했다. 생각보다 많은 사업장이 참여했다. 새봄의 꽃집인 플라타너스는 선물용 허브 화분과 작은 꽃묶음을 판매하기로 했고, 구매 시 '식물 입원 쿠폰'을 주기로 했다. 꽃집에 화분을 들고 살려달라며 오는 사람들에게서 힌트를 얻었다. 다시 양지에서 햇볕을 쬐고, 알맞게 수분을 머금게 하고, '다시 힘을 내렴' 기운을 북돋워주면 살아나곤 했다. 생명을 불어넣는 일. 새봄이 제일 잘하는 일이며 가장 좋아하는 일이었다.

　10월 첫 주, 아직 서늘해지지 않은 날씨 덕에 양양

은 여름과 크게 다르지 않았다. 플리마켓에는 예상보다 많은 인파가 몰렸다. 오픈 전 민이 아이스 아메리카노를 만들어 부스에 놓고 갔는데, 새봄은 손님에게 설명하느라 손짓만으로 고마움을 전했다. 점심시간이 되어서야 사람들이 먹거리 또는 디저트 부스로 옮겨가 한산함을 찾을 수 있었다. 숨을 돌린 시간도 잠시, 새봄의 표정이 좋지 않았다. 플라타너스 부스는 주차장과 가장 가까이 있었는데, 사람들이 아무렇지 않게 장애인 주차구역에 주차하는 것이 오전 내내 불편했다. 손님에게 설명하거나 계산하면서도 장애인 스티커 없는 차가 그 칸을 차지할 때마다 새봄은 차를 노려보았다. 잠시 앉아 다리를 두드리던 순간, 주차했던 차가 빠져나가기 무섭게 스포츠카 한 대가 요란한 굉음을 내며 주차했다. 새봄은 드디어 터져버렸다.

유준

선배 수찬이 운영하는 '수공방'에는 작년 여름에 왔다. 같은 계절을 맞았으니 벌써 1년이 지났다. 평소와 다른 것 하나 없는 오후, 지난주 수업에 참석한 중학생들의 도기가 완성되어 테이블에 늘어놓던 중이었는데 수찬의 손님들이 찾아왔다. 유준은 꾸벅 인사하고 커피를 사 오겠다며 휘파람을 불며 언덕을 내려갔다. 날이 더웠지만, 나무 그늘 밑으로 몸을 숨기니 걸을 만했다. 그리고 커피를 사러 간 카페 레콩포르에서 우연히 새봄을 처음 보았다.

"아이스 아메리카노 여섯 잔이요."

주문하는 유준의 시선이 메뉴판이나 소윤이 아니라 바에 앉아 있는 새봄을 향했다.

"유준?"

이름을 부르는 소리에 앞을 보니 카드를 기다리고 있는 소윤의 손이 보였다. 재빨리 카드를 꺼내 소윤의 손에 건넸다. 그리고 커피를 기다리는 내내 몰래 새봄을 훔쳐봤다. 소윤과 이야기를 나누며 싱긋 웃는 모습이 예뻤다. 그 얼굴이 계속 생각나 주말에 몇 번 카페에서 노트북을 켜놓고 기다려보았지만 소윤에게 일 없냐는 소리만 들었다. 혹시나 또 볼 수 있을까 했는데 한 번도 마주치지 못했다.

양양에는 아무 연고도 없었다. 대학 시절, 선배였던 수찬은 유난히 유준을 예뻐했다. 나이 차가 많이 났지만 딱히 어려운 선배는 아니었다. 오히려 실없는 소리를 툭툭 던지고 특유의 넉살이 인상적인 선배였다. 무엇보다 그의 작품이 좋았다. 수찬은 도자기를 만들 때만큼은 진중했다. 대학원을 졸업하고 작업실을 마련하려던 참에 수찬에게 도와달라는 연락을 받고 양양

으로 내려왔다. 공방을 꾸렸다는 소식을 듣고 두어 번
놀러 온 적이 있었지만 이렇게 머무를 줄은 몰랐다.
그렇게 우연을 통해 양양이라는 도시에 취해가고 있
었다. 양양의 좋은 점은 바다가 있다는 것, 생각보다
조용하다는 것, 그리고 자전거를 타고 다니기 좋다는
것이었다.

양양에 본가가 있는 수찬은 동네 사람들의 걱정거
리였다. 파란 집 아들내미가 언덕 위에서 무얼 한다는
데, 라고 시작하는 이야기는 마치 마을의 구전동화처
럼 수찬을 따라다녔다. 공방을 연 지 3년이 되었지만
그럴듯한 수익은 없었다. 누가 도예를 배우러 서핑의
도시 양양에 온단 말인가. 하지만 죽으라는 법은 없었
다. 수찬은 근처 초등학교 방과 후 수업부터 중·고등
학교 미술 입시생 특별 활동까지 강의하러 다니게 되
었다. 자꾸만 공방을 비울 일이 생겨 유준에게 와달
라고 청한 것이다. 작업장을 마음껏 사용해도 된다며,
숙식도 책임져주고, 소정의 월급도 줄 수 있다고 했
다. 아주 소액이어서 조금 실망스럽긴 했지만 유준에
게는 손해될 것이 없었다. 별 고민 없이 서울을 떠나
양양에 왔다.

　여름의 끝을 알리는 여진 같은 태풍이 한바탕 지나가고, 낮같이 환하던 저녁은 제모습을 찾아가고 있었다. 수공방은 양양에서 열리는 플리마켓에 참여할 예정이었다. 샘플용 수저 받침대, 밥그릇과 국그릇 세트, 찻잔 세트를 엄선하고 깨지지 않도록 포장해 큰 박스에 담았다. 양양문화센터에 주차하고 강당으로 향했다. 강당 앞에서 문을 열기 위해 박스를 잠시 내려놓자 누군가가 대신 문을 열어주었다.

"들어가세요."
"감사합니다."

　내부는 생각보다 많은 사람으로 붐볐다. 문을 열어준 이가 옆을 스쳐 지나갔다. 은은한 꽃향기가 스쳤고, 향기를 따라 시선을 옮기다 뒷모습을 보았다. 뒷모습만 보고도 알 수 있었다. 그 사람이 분명했다. 다행히 말을 나눌 기회가 있었다. 샘플 도기를 보여주며 명함을 주고받았다. 이름 석 자를 기억하려고 두 번 작게 소리 내어 불렀다. 한새봄, 한새봄.

그날 이후, 출퇴근길에 공방 아래 골목을 지날 때면 괜히 목을 빼 플라타너스 안을 살폈다. 사람이 있으면 있는 대로 반갑고, 없으면 없는 대로 궁금했다. 플리마켓이 열리기 전 모든 사업장 관계자가 모이는 날이었다. 당연히 새봄도 함께였다. 가볍게 목례만 했을 뿐 말을 섞지 못했다. 새봄을 우연히라도 보는 날에는 마음 어디선가 조바심이 튀어나왔다. 그럴 때일수록 물레 앞에 앉았다. 섣부른 감정은 독이다. 치기 어린 마음은 모든 것을 망친다. 유준은 마음을 모나지 않게 다듬듯 흙을 만졌다. 매끄럽고, 부드럽게 매만졌다.

첫 플리마켓이 열리던 날, 모두의 바람대로 축제 분위기가 이어졌다. 관광객들과 주민들로 인산인해를 이뤘다. 유준은 공방 원데이 클래스 쿠폰을 두고 오는 바람에 다시 공방에 다녀오는 길이었다. '어디쯤 오고 있느냐'는 수찬의 메시지에 '거의 다 왔다'고 답하던 중 주차장에서 사람들이 웅성거리는 소리를 듣고 멈춰 섰다. 낯익은 얼굴이 있었고, 낯익은 얼굴을 구경하는 사람들이 있었다.

"차 빼세요."

"당신이 뭔데?"

"주차구역이 나뉘어 있는 이유가 있잖아요."

"잠깐이면 된다고."

"안 된다고요. 빼세요."

　사람들을 비집고 들어가 고개를 내미니 새봄이 있었다. 반가움도 잠시, 딱히 반가울 일이 아닌 것을 알아차렸다. 새봄은 베이지색 앞치마를 허리춤에 두른 채 자신보다 덩치가 배로 큰 남자에게 화를 내고 있었다. 장애인 주차 공간이었다. 새봄은 몇 칸밖에 없는 그 공간이 관광객의 차로 채워질 때마다 언짢았던 것 같다. 진짜 주차해야 할 사람이 주차를 못 하자 참지 않고 나선 듯했다. 상대가 맞는 말만 하는 게 화가 났는지, 모여드는 시선이 의식되어서인지, 남자의 목소리도 점점 커졌다. 뒤에서 보고 있던 유준이 끼어들려는 찰나, 언제부터 있었는지 모를 소윤이 유준의 옷자락을 잡아당겼다.

　"기다려봐. 나는 쟤를 오랫동안 봐왔거든."

　소윤의 저지에 유준은 멀찍이 서서 새봄을 지켜볼

수밖에 없었다. 남자는 언성을 더욱 높였다. 새봄도 기세에 눌리지 않았다. 특유의 조곤조곤한 말투로 남자의 어떤 행동이 잘못되었는지 일러주었다. 몇 분간의 실랑이 끝에 남자가 차를 빼는 것으로 소란은 마무리되었다. 새봄은 도망가는 중에도 요란한 소리를 내는 스포츠카를 잠시 째려보고는 아무 일 없었다는 듯 부스로 돌아갔다. 원래의 평온한 얼굴로 시끄럽게 만들어서 죄송하다는 말을 덧붙이며. 그 과정을 지켜보던 소윤이 감당할 수 있겠느냐며 유준에게 장난 섞인 말을 건넸다. 당황한 유준은 그런 게 아니라고 열심히 부인했지만, 그날의 새봄을 자주 떠올렸다.

민

·

우리도 세 번째는
아니 만났어야 했다

헤어지고 나서 세 번 만났다.
처음에는 잘 지내느냐는 연락이었다. 어디서 무엇을
하느냐는 물음에 소윤의 카페에 있다고 답했다. 며칠
이 지났을까. 이 동네에 올 일이 있다며 같이 저녁을
먹자는 연락이 왔다. 최대한 미련 없어 보이게 일정을
체크해본다고 하고, 잠시 뜸을 들인 다음 저녁이면 괜
찮을 것 같다고 답했다. 사실 일정이 있어도 취소했을
거면서. 약속한 날, 민은 카페에서 돌아와 다시 샤워
를 하고, 최근에 산 옷 중 제일 비싼 캐시미어 니트를
골라 입었다. 평소 뿌리지 않던 향수도 뿌렸다. 그래
봤자 옷장에 열 벌은 있는 것 같은 베이지색 니트이지
만, 여전히 별 소득 없이 매일 글만 쓰고 있지만, 그가

모르는 옷을 입고 그가 모르는 향수를 뿌렸으니 낯설 길 바랐다. 괜히, 그런 마음이 들었다.

약속한 선술집 앞에서 옷매무새를 살짝 다듬었다. 올 때까지는 괜찮았는데 문 앞에 서니 조금은 긴장이 되어 머뭇거렸다. 문을 열고 들어가자, 안쪽 자리에 낯익은 얼굴이 보였다. 준이 반갑게 손을 들었다. 해 맑은 미소. 마치 어제 만난 듯 익숙한 사람. 오랜만이지만 생각보다 낯설지 않았다. 10년이라는 시간이 짧지 않음을 보여주듯이.

함께 살던 오피스텔 앞에는 주인이 혼자 운영하는 작은 선술집이 있었다. 두 사람은 그곳에서 자주 인생을 논하고, 시답지 않은 이야기를 나누고, 가끔은 언쟁으로 목소리를 높이기도 했다. 하지만 돌아오는 길에는 늘 손을 잡았다. 잔뜩 마신 알코올을 핑계 삼아 사랑을 속삭였고, 취기를 이유 삼아 서로를 안았다.

민이 자리에 앉자 미리 주문했는지 사케 한 병과 꼬치 모듬이 나왔다. 준이 은행꼬치를 민 쪽으로 돌려주었다. 민이 먼저 물었다.

"새 출판사 어때?"

"정신없어. 아무래도 전에 일하던 곳보다 크니까."

"그렇겠네."

"그래도 전에는 인원이 부족해서 내가 편집자인지 마케터인지 구별도 안 되었는데, 이제는 집중해서 편집만 하니까 좋아."

"요즘은 무슨 책 만들어?"

"6종 정도인데, 박인하 작가님 알지?"

"와, 정준. 많이 컸다."

"그래, 많이 컸지."

수줍게 웃는 준. 민은 그런 준을 빤히 바라보다가 얼른 말을 이었다. 혹시나 지금 자신이 사랑한다는 말을 표정에 담고 있지 않을까 걱정하며.

"박인하 작가님 책 다른 데서 나오지 않았어?"

"응, 신작부터는 우리가 하기로 했어. 카페 일은 어때?"

"좋아, 이 동네, 늘 다니는 사람들만 다니잖아. 항상 같은 시간에 와서 같은 일을 하는 사람들을 보면 마음이 편안해져. 아, 저 사람이 모닝커피를 사 왔으니 지금은 몇 시겠구나. 이 사람이 노트북 작업을 하면 몇 시겠구나. 나만 시간 속에 갇혀 있는 건 아니구나. 매일 같은 일을 하는 게 의미 없지 않겠구나."

민은 카페에 오는 손님들에 대해 이야기를 했고, 준은 최근에 만난 작가에 대해 이야기했다. 서로가 아닌 모든 것을 대화의 주제로 삼았다. 대화를 통해 서로의 생각은 알 수 없었지만, 어떤 마음으로 살고 있는지는 알 수 있었다. 둘은 최선을 다해 이별을 받아들이고 있었다.

얼마 마시지 않은 것 같은데 사케 한 병을 비웠고, 맥주 몇 잔을 더 마셨고, 늦은 밤이 되었고, 그래서 취기가 도는 채로 조금 걸었다. 가을답게 날씨가 차가웠다. 그리고 추운 날씨를 핑계로, 술이 조금 부족하다는 핑계로, 결국 향한 곳은 민의 집이었다.

문을 열자, 마틸다가 왜 이렇게 늦게 왔느냐며 잔소리하듯 야옹거렸다.

"내가 누구를 데려왔게?"

술에 취한 민은 마치 초대 손님을 소개하듯 준을 몸으로 가리고 있다가 "짠" 하고 마틸다에게 보여주었다. 마틸다의 커지는 동공. 마틸다는 시끄럽게 야옹거리며 이리저리 뛰더니 준에게 머리를 박았다. 마치 부녀 상봉이라도 하듯 둘은 시끄럽게 서로를 껴안고 뒹굴었다.

민은 그런 둘을 보며 조금 흐트러진 채로 소파에 누웠다. 점점 취기가 올라와 가만히 앉아 있을 수 없었다. 준은 마틸다를 쓰다듬으며 민을 바라봤다. 익숙한 눈빛이었다. 어린 준과 지금의 준까지 자그마치 10년 동안 봐온 눈빛. 준이 다가와 민의 머리카락을 쓸어 넘기고, 손 마디마디에 입을 맞췄다. 민이 좋아하는 행동이었다. 마치 새끼 고양이가 된 듯한 기분.

*

문예창작을 전공한 대학 시절, 민은 주로 회색 후드 티에 언제나 짧은 손톱이었다. 종일 글만 쓰는데 길고 예쁜 손톱은 필요치 않았다. 손톱이 길수록 키보드를 두드릴 때 거슬려 아플 정도로 바짝 깎는 습관이 있었다. 당시 만났던 남자들도, 만나지 않은 남자들도 손을 보고는 너는 네일 같은 거 안 하네, 하고 한마디씩 던졌는데 묘하게 그 말이 기분 나빴다.

준은 친하지 않은 과 동기였다. 어느 날, 과실에서 과제를 하는 민 옆에 앉으며 준이 말을 걸었다.

"손."

진짜 이것들이 왜 이렇게 손톱 가지고 난리야, 하는 속마음이 밖으로 튀어나오려는 찰나 준의 말이 더 먼저 나왔다.

"손, 예쁘다."

민의 속마음 대신 소리를 낸 건 심장이었다. 두근거리는 소리가 밖으로 들릴까 봐 노트북을 재빨리 닫고, 얼른 짐을 챙겨 자리를 벗어났다. 그 뒤로 함께 시간을 보내는 내내 한 번도 손톱을 단장한 적이 없었다. 준은 민의 짧은 손톱 끝을 본인의 엄지손가락으로 만지작거리는 것을 좋아했다. 나중에 대작을 쓸 귀한 손이라며 설거지도 못 하게 했다. 함께 살며 민은 주로 간단한 분리수거, 불과 칼을 쓰지 않는 요리, 마틸다 밥 챙기기, 마틸다 병원에 가기 정도를 담당했다.

그런 민의 손을 소중하게 잡은 채 마디마디마다 준이 입을 맞췄다. 헤어지기 전과 똑같이. 그 순간 왜 헤어졌는지는 기억이 나지 않았다. 어떤 말이 상처가 되었는지도. 준은 늘 그랬듯 다정하게 안았고, 민은 그 다정함이 좋아 준의 어깨에 얼굴을 파묻었다.

씻고 나온 준이 수건으로 머리를 살짝 털며 거실 한쪽에 있는 책장을 구경했다. 민은 그런 준을 구경했다. 무얼 찾는 듯이 책장의 첫 번째 칸부터 차례대로 훑더니 구석에 꽂혀 있던 책 한 권을 빼 손에 들었다.

"여기 있다."

피천득, 『인연』.
민과 준, 둘 다 좋아하는 책이다. 아니, 정확히 말하자면 준이 좋아해서 민에게 선물했고, 그래서 민 역시 좋아하게 된 책.

문창과 시절부터 소설보다 수필이 어려웠다. 소설
은 마음대로 상상할 수 있었다. '잘' 쓴 것까지는 아니
지만, 쓰기 어렵지는 않았다. 하지만 수필은 현실과
감정을 적절히 섞어 나를 드러내는 일이었다. 무척이
나 어렵고 또 무서운 일이었기에 졸업 후에는 SF소설
에 매달렸다. 조금이라도 잘하는 걸 하면 쉽게 해낼
수 있지 않을까 하는 안일한 생각이었다.

대학교 3학년, 노트북 앞에서 수필 과제와 한참 씨
름하고 있을 때였다. 썼다가 지웠다가 몇 번을 반복하
며 빈 화면에 깜빡이는 커서를 바라보는데, 책 한 권
이 노트북 옆에 살며시 놓였다. 준이 제일 좋아하는
수필이라고 했다. 그렇게 처음 읽었다. 과제를 무사히
완성한 후로도 심심할 때마다 읽었다. 일이 잘 안 풀
려도 읽고, 글이 잘 안 써져도 읽었다. 손이 자주 가는
테이블에 올려두고 여러 번 읽었다. 사랑은 그런 거니
까. 좋아하는 사람이 좋아하는 거라고 쥐여주면 나도
갑자기 좋아지는, 그런 거니까. 몇 번이나 읽었을까.
책을 보지 않고도 몇 개의 문장을 외울 수 있었다. 우
리는 이 대목을 좋아했다.

그리워하는데도 한 번 만나고는 못 만나게 되기도 하고
인생을 못 잊으면서도 아니 만나고 살기도 한다.
아사코와 나는 세 번 만났다.
세 번째는 아니 만났어야 좋았을 것이다.

이 대목을 말할 때면 늘 마지막 문장을 함께 말했
다. 둘 중 하나가 "세 번째는"이라고 운을 때면 동시에
"아니 만났어야 좋았을 것이다"라고 말했다. 아니 만
난 것이 뭐 그리 좋은 문장이라고 그랬는지 모르겠지
만, 진짜 인연이 무엇인지, 정말로 사랑이 무엇인지,
그게 얼마나 애절한 마음인지 잘 나타내주는 문장이
었기에 자주 곱씹었다. 준은 책을 펼쳐 휘리릭 넘겨
보더니, 다시 그 자리에 꽂아두고 수건으로 마저 머리
카락의 물기를 털었다.

문제는 준이 돌아간 후였다. 헤어지고 처음으로 찾
아온 날, 선술집에서 사케를 마시고 휘청휘청 걸어 민
의 집으로 온 날, 익숙한 눈빛으로 서로를 안은 날, 민
은 사실 다시 만날 수 있지 않을까 기대했다. 근처에
일이 있다는 말은 자신을 보고 싶다는 핑계임을 알았
으니까. 하지만 아침에 일어나보니 준은 없었고, 집에

도착했다는 말도, 잘 잤는지 밥은 먹었는지 묻는 말도 없었다. 온종일 준의 연락을 기다리다가 새벽이 돼서야 잠에 들었다. 그렇게 3일이 지난 후에야 준에게서 뜬금없이 밥 먹었느냐는 메시지가 왔다. 화가 났지만 화내지 못했다. 여기서 화를 내면 다시는 찾아오지 않을 것 같았다.

두 번째 만남은 플리마켓 마지막 날이었다. 플리마켓을 무사히 마친 것을 기념하며 회식을 하던 늦은 밤, 준에게서 양양에 가고 있다는 연락이 왔다. 민은 회식 자리에서 먼저 빠져나와 집 근처 와인바에서 준을 만났다. 준은 만나자마자 "밥은 먹었어?"라고 물었다. 저번에도 말없이 가서는 3일이나 지난 후에 밥 먹었느냐는 메시지를 보내더니, 할 말이 이것밖에 없나 하는 생각에 잠시 짜증이 났지만 이야기하다가 또 잊었다. 준의 출판사 생활이 담긴 대화는 재밌었다. 준은 잘 쓰고 있는지, 작업이 잘 되는지 묻지 않았다. 그 이유를 알아서 조금 슬펐다.

두 사람은 그날도 취한 채로 들어왔다. 마치 헤어짐은 원래 없었다는 듯 서로를 안았다. 더 깊은 손길이었다. 익숙한 손길로 서로의 은밀한 곳을 어루만지자 좁은 방에 작은 신음이 퍼졌다. 신음은 곧 탄성으로 바뀌었다. 하지만 그 소리는 여전히 익숙했다. 10년이란 시간은 상대의 어느 부위에 손이 닿으면 어떤 신음이 돌아오는지 알게 한다. 아직도 사랑한다는 무언의 소리. 서로 더욱 은밀한 부위를 맞댄 채 들어가려 했다. 안으로, 안으로, 더 안으로.

익숙한 몸짓, 익숙한 흔들림, 익숙한 눈맞춤. 서로를 안으며 익숙함이 독이 되는 건 아닐까 생각했던 때가 있었다. 함께 살며 매일같이 서로를 탐하던 때였다. 그러나 기우였다. 시간이 흘러도 지겹지 않았다. 사랑을 확인할수록 더 갈구했고, 가졌음에도 더 갖고 싶었고, 안고 있는데도 더 안고 싶었다. 몸짓에 생의 희열이 녹아 있었다.

몸을 맞댄 것은 성적인 욕망이자 동시에 위로였다. 나를 가장 잘 아는 사람이 톱니바퀴처럼 나와 빈틈없이 맞물리는 행위. 양팔과 양다리를 사용해 결합하는 행위. 그렇게 시간을 들여 오래 탐닉했다. 떨어졌던 시간을 단숨에 채우려는 듯 오래 품었다.

이별 후 만남이 세 번째 반복되던 날, 민은 현관에서 돌아서는 준에게 말했다.

"이제 그만 와."

그 말에 준은 동그란 눈을 했다가 이내 시선을 내렸다. 저 표정을 알고 있다. 준은 지금 슬프다. 준을 밀어내고 문을 세차게 닫았다. 쇠문이 평소보다 크고 요란한 소리를 내며 닫혔다. 잠시 조용하더니 이내 발걸음 소리가 멀어졌다. 민은 현관문에 등을 기댄 채 그 자리에 주저앉았다. 이제야 헤어진 것 같았다. 헤어지고도 석 달 만에, 계절이 바뀐 이 가을에야 우리는 진짜로 헤어졌다.

우리도 세 번째는 아니 만났어야 했다.

희나
·

큰 파도가
작은 파도가 될 때까지

"달이 아름답네요."

　일본에서는 작가 나쓰메 소세키가 'I love you'를 '달이 아름답네요'로 번역한 뒤로 달이 아름답다는 말이 사랑한다는 말이 되었다고 한다.

　[희나 씨, 잘 자요.]
　[희나야, 잘 자.]
　[좋은 꿈 꿔.]
　[깨지 말고 푹 자.]

　희나에게는 '잘 자요'가 그랬다. 불면을 겪은 뒤로

'잘 자요'는 사랑한다는 말과 동일했다. 수호는 늘 잘 자요, 푹 자요, 좋은 꿈 꿔요, 그렇게 인사했다. 소개로 처음 만난 그날부터 작은 다툼이 있던 날, 바빴던 날, 바쁘지 않던 날까지 모두 그랬다. 이런 마음이 전해져서일까. 수호를 만나고 나서는 수면제 없이 잠을 잘 수 있었다. 수면제를 먹지 않고도 잘 수 있다는 사실이 기뻤다.

헤어지고 다시 잠이 오지 않는 날들이 이어졌다. 뜬 눈으로 새벽을 지킬 때면 차를 몰아 양양으로 달려가곤 했다. 곁에 사람을 두는 것이 늘 어려웠다. 주위에 사람이 모이지 않는 것이 당연하다 생각하며 살아왔는데, 이상하게도 누군가가 옆에 있으면 요동치던 마음이 고요해졌다. 양양에서의 시간은 더욱 그랬다.

꽃집에 불이 아직 켜져 있는 걸 확인하고 주차를 하고 담배를 꺼내 불을 붙였다. 새봄은 희나와 정반대인 사람이었다. 싱그럽다. 사람에게 싱그럽다고 말할 수 있나? 새봄은 싱그러웠다. 사랑스럽고, 감정에 솔직하고, 모든 표현이 자연스러워 주변에 사람이 몰리는 사람. 희나처럼 곁을 잘 주지 않는 사람도 내어줬으니 분명 새봄의 능력이었다. 가게 안쪽에서 불빛이 꺼지는 것을 보고 전화를 걸었다. 희나를 보고 해맑게 웃는 새봄을 향해 살짝 손을 들었다.

밤바다를 좋아한다. 출렁임이 적은 고요한 밤의 바다. 차에서 담요를 두 개 꺼내 하나를 새봄에게 건네고 옆에 앉았다. 멀리서 한참 바다를 바라봤다. 정적을 깬 건 새봄이었다. 괜찮느냐는 물음에, 희나는 조금 머뭇거리다 대답했다.

"영영 안 괜찮을지도 모르지. 영영 사랑할 수 없을지도. 나는 가끔 그 자리에 머물러 있는 것 같아. 수호가 헤어짐을 말하던 그 자리. 잘 지내다가도, 일하다가도, 밥을 먹다가도 자꾸 그 자리로 돌아가. 자꾸 '처음부터 다시'에 걸려 돌아가는 것처럼."

솔직한 말. 거짓 하나 보태지 않은 순도 100퍼센트 감정. 말이 끝나기가 무섭게 새봄이 눈물을 뚝뚝 흘렸다.

"저는 괜찮아진 줄 알았어요. 괜찮아 보인다고 생각

했어요. 미안해요."

"나는 마흔이 되어도 아마 서투를 거야. 워낙 서투른 사람이니까. 그런데 어쩌면 애초에 서투르지 않은 것은 사랑이 아닐지도 몰라. 끊임없이 흔들리고, 계속 서툴고, 그렇게 살다 보면 큰 파도가 작은 파도처럼 작아질 때가 오지 않을까? 솔직히 나도 잘 모르겠다. 나이가 들었다고 해서 사랑이 쉬운 건 아니더라고. 한 번 보자. 마흔이 되어도 그런지. 일단 서른여덟까지는 아니었어."

희나의 말이 새봄의 눈물샘을 자극한 걸까. 계속해서 눈물을 떨어뜨리는 새봄의 등에 희나가 살짝 손을 얹었다.

"나는 기쁨도 슬픔도 별로 크지 않은 사람이었어. 그걸 표현하는 것조차 좋지 않은 일이라고 생각했지. 상대방은 굳이 알고 싶지 않을 내 감정을 전달하는 것 자체가 이기적일 수도 있다고 말이야. 그런데 여기서 배웠어. 마음이 통하는 게 나쁘지 않다는 걸. 소윤 언니나 너희를 보면서 이제야 배우고 있어."

새봄이 눈물을 멈추고 씩 웃어 보였다. 손등으로 양쪽 눈을 비비며. 그 모습이 무척이나 사랑스러웠다.

　나도 저런 모습을 보였다면 수호가 떠나지 않았을까, 하는 생각이 잠시 스쳤다. 수호는 가끔 희나가 무슨 생각을 하는지, 어떤 기분인지 도저히 모르겠다고 했다. 희나가 정말로 괜찮다고 해도 의심하며 물었다. 물론 괜찮지 않았다. 하지만 남에게 짐이 되는 건 더 괜찮지 않은 일이었다. 누가 그랬을까, 슬픔을 나누면 반이 된다고. 거짓이다. 슬픔을 나누면 배가 된다. 나도, 나의 슬픔을 들은 사람도 같은 무게의 짐을 짊어지게 된다. 그러니 애초에 해결될 일이 아니라면 말하지 않는 편이 나았다. 혼자 갖고 있으면 늘어날 일이 없으니까. 새봄이 잠시 생각에 잠긴 희나를 불러 깨웠다. 희나는 엷은 미소를 띠며 말했다.

　"그날, 양양에 오길 잘했다는 생각이 들어."

　희나는 이런 말을 할 수 있는 사람이 되었다는 사실에 새삼 놀랐다. 밤바다가 주는 기운인지, 따뜻하고도 차가운 가을 날씨가 주는 기운인지, 자신을 둘러싼 공기가 달라졌음을 느끼고 있었다.

*

단조로웠다. 변한 것이 없어서 오히려 수호의 말이 맞지 않을까 하는 생각이 들 정도였다. 정말 누구도 사랑할 수 없는 사람인가. 헤어지고 나서 찾은 양양에서 눈물을 다 쏟아서였는지 서울로 돌아온 뒤로 눈물을 흘리는 일은 없었다. 아침에 일어나서 간단히 샌드위치를 만들어 먹고, 출근해 재고를 체크하고, 매장을 찾은 고객들에게 와인을 추천하고, 새로 들어온 와인 목록을 확인해서 단골손님들에게 알리고, 집으로 돌아와 약간의 집안일을 하고, 영화나 드라마를 틀어놓고 와인을 마셨다. 수호를 제외하고는 달라지지 않은 일상이었다.

가을이 완연한 어느 날, 북한산 입구에 서 있었다. 응봉으로 오르는 길. 단풍만큼이나 오색찬란한 등산복을 입은 무리가 희나를 스쳤다. 평일 오전이어서인지 젊은 사람보다는 나이 많은 사람 찾기가 더 수월했다. 다양한 색상의 등산복과 자신이 입은 검정 트레이닝복을 번갈아 보며 희나는 왜 자신이 여기 있는지, 갑자기 산은 왜 가자는 건지 새삼 의문스러워졌다. 그런 생각이 짙어질 때쯤 귀에 익은 목소리가 들렸다.

"희나야."

방금 지나간 어르신들과 별다르지 않은 중년 여성. 엄마였다. 며칠 전 엄마는 전화를 걸어 희나에게 평일 스케줄을 물었다. 파혼 후 집에 한 번도 가지 않았으니 안부 전화려니 했는데 뜬금없이 산에 가자고 했다. 마치 가을이 되기를 기다린 사람처럼. 엄마의 바람대로 산에 오르기로 한 날, 날씨는 구름 한 점 없이 맑았다. 한낮에는 아직 더웠지만, 이따금 부는 산바람이 시원했다.

응봉으로 향하는 길은 생각보다 힘든 코스였다. 등산 초보자한테는 더더욱 어려운 길이었다. 괜찮아? 희나와 엄마는 서로의 상태를 확인했다. 분명 괜찮았다. 아무리 운동 부족이어도 60대 여성보다야 튼튼한 다리를 가지고 있었고, 숨이 가쁘긴 했지만 죽을 만큼은 아니었다. 그런데 괜찮다는 말이 나오지 않았다. 그동안 상대를 안심시키려고 했던 괜찮다는 거짓말이 이상하게도 산을 오를 때는 나오지 않았다. 그렇게 대답하지 않자, 엄마는 더 묻지 않았다. 둘은 마치 토라진 친구처럼 아무 말 없이 산을 올랐다. 겨우겨우 도착한 정상에서 서울을 한눈에 내려다보았다. 탁 트인 풍경이 상쾌했다.

엄마는 넓은 바위에 앉아 가방을 무릎에 올려놓고 이온 음료를 꺼내 두 모금 마시고 건넸다. 먼저 목을 축인 엄마가 운을 뗐다.

"예전에, 아주 예전에."
"응?"
"네 동생 가졌다가 그렇게 되었을 때."
"응."

동생이 있었다는 말을 언젠가 들었다. 정확하게는 동생이 될 뻔한 아이겠지만. 오래전 일이고 엄마도 아빠도 잊고 사는 듯했지만, 비슷한 내용이 담긴 드라마나 다큐멘터리를 보면 떠오르는지 몇 번 이야기한 적이 있었다. 하지만 엄마에게 어렴풋해진 기억이듯이 희나에게도 뿌연 기억일 뿐이었다. 그저 오래 아이를 품고 있다가 낳을 때가 되었는데 사산하는 경험은 흔치 않은 일이니, 아주 아팠겠다 짐작할 따름이었다.

"몇 달째 매일 울고만 있으니까 어느 날은 네 아빠가 산에 가자고 하더라고. 꼭 가을만 기다렸다는 듯이. 단풍으로 가득한 예쁜 날이었어. 그런데 엄마 움직이는 거 별로 안 좋아하잖아. 엄청 투덜대며 따라갔지. 네 아빠 또 걸음이 좀 빨라? 같이 가자고 해놓고 자꾸 앞서가니 짜증이 확 났지. 그런데 정상에 오르니 그 풍경이 또 예쁘데. 정상에서 아빠가 그러더라고. 뭐라도 해주고 싶고 뭐라도 먹이고 싶은데 안 하고 안 먹으니까 뭐라도 내 안에 꽉 찼으면 좋겠대. 가을의 산은, 산의 가을은 마음이라도 배불리 해줄 수 있을 것 같았대. 그래서 데려왔다고."

희나가 잠자코 듣고만 있자 엄마가 말을 이었다.

"가라고 하더라고. 희나랑 산이라도 다녀와. 그 소리를 몇 번을 했어."

집으로 돌아와 따뜻한 물로 오래 샤워했다. 발가락 사이로 떨어지는 물줄기를 쳐다보는 동안, 샴푸로 덮인 머리를 헹구는 동안 그 말이 맴돌았다. '희나랑 산이라도 다녀와' '희나랑 산이라도 다녀와' '희나랑……'

다음 날 일어나니 다리가 후들거렸다. 하지만 산의 가을이 정말로 도움이 되었는지 마음은 조금 가벼웠다. 주말마다 등산하러 다녀야 하나 싶은 생각도 잠시, 오픈 전부터 본사 직원이 매장에 들렀다가 희나에게 괜한 말을 했다.

"희나 씨, 얼굴이 많이 상했네."

"저요?"

"괜찮아, 들었어. 요즘 파혼은 흠도 아니잖아."

"아, 네."

친하지도 않은 직원이 안부랍시고 파혼 이야기를 아무렇지 않게 꺼냈다. 희나는 포장 리본을 정리하며 단답식으로 대꾸했다. 몇 번 대화를 주고받고는 희나의 새초롬한 표정에 괜한 심술이 났는지, 상대해주지 않아 기분이 상했는지 본사 직원은 물어보지도 않은 자신의 결혼 철학을 한참 말하더니 마지막으로 한마디를 더 했다.

"참, 윤 점장 가면 희나 씨가 그 자리 맡을 것 같던데. 그것 봐. 꼭 안 좋은 일은 아니잖아. 덕분에 승진도 하고."

파혼이라는 단어가 남들 입에 오르내리는 건 예상한 일이었다. 3개월 남은 결혼식과 신혼여행 일정을 스케줄에서 빼놓으려면 미리 이야기할 수밖에 없었다. 매장은 여러 명의 배려가 있어야 돌아간다. 서로 예상치 못한 일을 대신하고, 힘든 일에 누군가가 군말 없이 나서줘야 돌아갈 수 있다. 미리 이야기한 것이 본사 직원까지 들먹이는 일이 될 줄은 몰랐지만 말이다.

파혼 '덕분에'라는 말이 신경 쓰였지만 내색하지 않았다. 나이를 먹을수록 알게 되었다. 그 나이에 해야 할 행동과 하지 말아야 할 행동이 있고, 해야 할 말과 하지 말아야 할 말이 있다는 것을. 희나는 방금 들은 '덕분에'가 그런 단어라고 생각했다. 남이 겪은 안 좋은 일을 위로해준답시고 '덕분에'를 붙이는 인간은 되지 말아야지, 다짐한 순간이었다.

본사 직원이 귀띔해준 일은 이랬다. 새로 생기는 대형 쇼핑몰에 입점하는 와인숍에 윤 점장이 발령받았고, 그 빈자리에 희나 이름이 거론되는 모양이었다.

직원이 다녀간 지 일주일도 되지 않아 본사의 부름이 있었다. 대표와 이사 두 명이 형식상 면접을 보았다. 7년 반. 그중 3년을 이 지점에서 일했다. 길다면 길고 짧다면 짧은 시간이었다. 다행히 부점장이라는 직책 때문인지 신입사원 면접에서나 나올 법한 질문은 없었다. 차라리 그런 질문이었다면 좋았겠지만. 이사 한 명이 "미안하지만, 안 좋은 일이 있었다고 들었는데 당분간은 일에 집중할 생각인가요?"라고 물었다. 작년에 새로 부임해 희나와 일면식도 없는 이사였다. 대답은 중요하지 않아 보였다. 파혼했으니 당분간 결혼 생각이 없을 것이고, 그러면 몇 년은 와인숍 관리를 공백 없이 책임질 수 있겠다고 판단한 것 같았다. 희나는 유난히 차가운 미소를 지은 채 대답했다.

"한 번도 일에 집중하지 않은 적은 없었습니다."

아무래도 상관없었다. 파혼이 승진 기회로 비치든 사람들의 입방아에 오르내리든, 중요한 것은 하던 일을 그대로 잘 해내는 것이었다.

언젠가 지안이 베이킹 수업에서 한 말이 떠올랐다.

"언니, 사람들은 참 야속해요. 왜 다들 자신에겐 불행이 다가오지 않을 거라고 생각하지? 나라고 이런 일 겪고 싶었겠어요? 내가 인생을 헛살아서 이런 일이 생긴 건 아니잖아요. 우리 탓이 아니라고요. 물론 겪지 않아도 될 일을 겪긴 했지만. 그러니까…… 자연재해 같은 거잖아요."

자연재해. 그렇게 생각하니 마음이 편했다. 아, 자연재해 때문에 내 집이 무너졌구나. 그래서 다들 저렇게 안쓰러운 표정을 짓는구나. 그렇다면 연민을 보낼 수도 있지.

"나는 그런 소리 들으면 속으로 생각해요. 다음 태

풍이 너희 집에 안 갈 거라는 보장은 없지. 못된 것 같아도 어쩔 수 없어요."

면접을 진행한 회의실에서 나와 엘리베이터를 타고 1층에 내려가는 동안 지안의 목소리가 들려왔다. 생기발랄한 목소리로 열변을 토하는 얼굴도 생각났다. 웃음이 났다. 그래, 어쩔 수 없는 일이고, 나만 겪는 일도 아니다. 생각보다 많은 사람이 다양한 이별을 경험하며 살아간다. 희나는 지안을 떠올리며 미소를 머금고 지나가다가 인포데스크에 서 있는 안내 직원과 눈이 마주쳤다. 살짝 눈인사를 건네고 건물을 나왔다. 가을을 담은 가로수가 희나를 반겼다.

Season 3

겨울

희나

·

산다는 것은
계속해서 이별하는 것

　　　　　　　　직원들 입에 쉽게 올랐던 희
나의 파혼은 겨울이 되니 사라졌다. 사람들은 늘 새
로운 소식을 원했고, 더 자극적인 알고리즘을 찾았고,
그래서인지 금세 관심이 옮겨갔다. 지안이 언젠가 베
이킹 반죽을 치대며 말했다.

"다들 부메랑 맞으라고 해요. 남 이야기 쉽게 하는
사람들, 여기저기 소문내는 사람들. 결국, 다 돌아간
다니까요."

그 말이 위로 아닌 위로가 되었을까. 누군가가 희나
의 이슈를 가볍게 위로를 가장해 안줏거리로 떠들기

라도 하면 속으로 주문처럼 되뇌었다.

부메랑, 부메랑.
부메랑, 부메랑.

소윤의 할머니께서 돌아가셨다는 부고를 받은 건 한창 바쁜 점심시간이었다. 전화 너머로 갑자기 닥친 죽음에 바들바들 떨고 있는 소윤의 목소리가 들렸다. 평소의 침착한 모습에서는 상상할 수 없던 목소리. 희나는 부점장에게 스케줄 조정을 부탁하며 급히 양양으로 향했다. 근무 중 갑작스럽게 자리를 비우는 일을 절대 만들지 않는 희나였지만, 무리한 일임을 알면서도 그렇게 해야 한다고 느꼈다. 가끔은, 아주 가끔은, 조금 민폐가 되더라도 누군가를 살리는 일이라면 당연히 해야 한다고 생각했다. 희나의 세상은 분명 전보다 넓어졌다.

장례식장에 도착하자마자 상주의 이름을 확인했다. 지방 소도시의 장례식장은 유난히 한산했다. 겨울의 양양이 원래 그런 것인지, 아니면 죽음의 공간이 원래 그런 것인지 서늘한 공기가 더욱 춥게 느껴졌다. 급하게 달려가놓고 장례식장에 들어서면서는 무겁지도, 그렇다고 가볍지도 않은 걸음으로 천천히 걸었다. 아직 준비되지 않은 모습의 소윤을 마주했다. 늘 사람을 챙기는 일에 여념이 없고 웃는 낯으로 누군가를 반기던 눈에는 초점이 없었다. 안 그래도 흰 피부가 더 창백해져 푸른 혈관이 금방이라도 몸을 뚫고 나올 것처럼 도드라졌다. 겁먹은 얼굴, 그 표정을 보는 것만으로도 마음이 아려왔다. 가족을 잃는다는 것은 겁이 나는 거구나. 희나는 말없이 눈물만 흘리는 소윤을 자신이 낼 수 있는 최대의 힘으로 안았다. 제가 왔어요. 괜찮아요. 혼자가 아니에요. 소리 내어 전하지 못하는 말이 조금의 온기로라도 소윤의 몸 어딘가에 닿기를 바라며. 그게 팔꿈치든, 손가락 사이든, 귓바퀴든. 그 어딘가에라도 닿길 바라며 꽉 안았다.

경황이 없는 소윤 대신 희나가 수의 결정부터 발인, 수목장 예약까지 대신했다. 직접적인 이별을 많이 겪지는 않았지만, 어른에게 들은 이야기나 직장 생활을 통해 장례식장이 낯설거나 어렵지 않아서 다행이었다. 이 나이가 그랬다. 결혼식보다 점점 장례식을 자주 가게 되는 나이. 부모의 건강을 걱정하게 되는 나이. 누군가와 끊임없이 이별하게 되는 나이.

소윤의 할머니는 화장터에서 화장한 뒤 레콩포르에
서 멀리 떨어지지 않은 곳에 수목장으로 안치했다. 사
흘 내내 빈소를 지킨 희나는 지친 소윤을 민과 함께
집에 데려가 눕힌 뒤에야 서울로 돌아올 수 있었다.
운전대를 쥐고 앞을 바라보며 계속해서 이별을 생각
했다. 산다는 것은 어쩌면 누군가와 계속 이별하는 거
구나. 이별의 형태는 다양했다. 지난여름의 이별과는
다른 이별. 또 누군가와 생각지도 못한 헤어짐이 온
다면 어떻게 해야 할까. 소윤처럼 얼어붙은 채로 울게
될까, 아니면 수호가 이별을 말했던 때처럼 조용히 받
아들이게 될까. 혹은 지금처럼 전하지 못한 말을 후회
하게 될까.

무서웠다. 이별은 무섭고, 무섭고, 무섭고, 아팠다.
운전하며 괜히 엄마에게 전화를 걸어 대뜸 밥은 먹었
느냐, 고 물었다. 어떤 일이냐는 엄마의 반응에 그냥,
하고 답했다. 무슨 일 있어, 하는 말에 눈물이 살짝 고
였다. 이별을 앞두고 후회하지 않기 위해서는 표현해
야 했다. 당신을 생각하고 있음을. 사실은 아끼고 있

음을. 누구보다 소중하게 여기고 있음을.

*

　피곤한 몸을 이끌고 와인숍으로 향했다. 스케줄 조정으로 대신 근무해야 했던 수아가 희나의 지친 안색에, 또 예상치 못한 등장에 당황해하며 물었다.

　"점장님, 어쩐 일이세요?"
　"윤오는?"
　"방금 나갔는데, 못 보셨어요?"
　"응, 마감 다 했어?"
　"네, 근데 왜 오셨어요? 피곤하실 텐데 집으로 가시지."
　"그냥, 그냥."

　희나가 매장을 함께 점검하고 나오며 넌지시 수아에게 물었다.

　"배고프면 뭐 먹고 갈래?"

직원들과 단둘이 무언가를 먹는 일은 없었다. 회식에 빠지지 않았지만 직원으로 해야 할 일로 여겼을 뿐 그 자리가 즐거워서는 아니었다. 식사 시간이 오면 직원을 먼저 보내거나, 자신이 먼저 나갔다. 혼자인 게 편해서도 있었지만, 어차피 말주변 없는 사람이랑 밥 먹어봤자 상대방도 불편할 거라는 생각에서였다. 함께 먹자는 제안에 수아는 잠시 놀란 듯하더니, 이내 빙긋 웃으며 고개를 끄덕였다.

"좋아요, 뭐 사주실 건데요?"

지난 겨울 이후 한 번도 찾지 않았던 오래된 어묵 바를 향해 좁디좁은 골목을 걸었다. 골목이 겨울바람에 더욱 스산했다.

"점장님, 여기 있는 거 맞아요? 길 찾기 앱 켜봐요?"
"아냐, 여기 어디 있었는데……."

짙은 어둠이 내려앉은 골목, 한번 들어가면 빠져나오기 어려워 보이는 미로 같은 곳에서 허름한 외관의 어묵 바를 간신히 찾았다. 적당히 데워진 사케, 어묵

꼬치, 따뜻한 국물, 친절한 듯 친절하지 않은 주인아저씨까지. 여전히 그대로였다. 마치 지난겨울같이.

"이런 골목이 있는 줄 몰랐어요. 봐봐요, 길 찾기 앱에도 안 나와요."

수아가 신기해하며 휴대전화를 들어 화면을 보여주었다. 이런 집은 어떻게 알았느냐고 물었다. 그 질문에 잠시나마 수호를 또렷이 떠올릴 수 있었다.

지금처럼 한겨울 추위 속을 걷던 날이었다. 추운 날씨에 코트 깃을 최대한 세워 목을 가리고, 방송국과 와인숍 사이 골목 어디쯤에서 만났던 날. 눈이 많이 온다는 소식에 둘 다 차를 가지고 오지 않았고, 그래서 겨울을 온몸으로 받아들이며 걸었던 날. 걷기 시작한 지 몇 분 되지 않아 눈이 온다던 일기예보는 빗나가고 빗방울이 뚝뚝 떨어지더니 금세 투두둑으로 바뀌었고, 결국 세차게 비가 내렸다. 눈을 맞는 건 낭만적이지만 비를 맞는 건 번잡스러운 일. 비를 피해 골목 사이로 들어왔다가 우연히 어묵 바를 발견했다. 춥지 않느냐며 사장님이 조그만 라디에이터를 희나와 수호 곁에 놔주었다. 어묵이고 사케고 특별함은 없었지만 둘이기에 특별했다. 비가 눈으로 바뀌어 흩날릴 때까지 창가에서 밖을 바라보며 좋아하는 계절을 이야기했던 시간. 서로의 모르는 부분을 묻고 또 물었던 날.

"전에 만나던 사람이랑 왔었지."

희나의 대답에 수아가 알은체했다.

"아, 그분이요. 알죠, 가끔 점장님 기다리면서 반대편 카페에서 책 읽던 분."
"응, 그 사람."
"왜 헤어졌는지 물어봐도 돼요?"

이 질문을 받으면 아직도 어려웠다. 수호가 옆에서 듣고 있는 것도 아닌데 대충 말할 수도, 거짓을 말할 수도 없었다. 소개해준 우희에게도, 엄마에게도, 심지어 대수롭지 않게 묻는 수아에게도 편히 답하기 어려웠다. 우린 왜 헤어졌을까. 내가 한 사랑이 사랑이 아니어서. 네게 믿음을 주지 못해서. 네가 지칠 때까지 아무것도 하지 않아서. 나란 사람은 사랑을 할 수 없는 사람이어서.

　희나가 말없이 잔에 반쯤 남아 있던 사케를 마저 마시고 미간을 찌푸렸다. 그 모습에 수아가 괜한 걸 물어봤다는 듯 말을 돌렸다.

　"그럼 이건요? 점장님을 요즘 다르게 만든 건 뭐예요?"
　"다르게?"
　"요즘 달라졌잖아요."
　"그래? 내가 달라졌어?"
　"네, 그렇잖아요. 여기 거의 2년 다녔는데 점장님이 먼저 뭘 먹자고 한 것도 처음이고, 저번에 생일 때 스케줄 바꿔주신 것도 그렇고요."
　"그런 건 그냥 할 수 있는 거잖아. 나라는 사람, 되게 형편없었구나?"
　"아뇨, 생각지도 못한 일을 먼저 제안해주시잖아요. 사실 생일날 저도 스케줄 너무 바꾸고 싶었는데, 그날 주말이기도 해서 못 바꾸겠거니 생각했거든요. 근데 점장님이 바꿔주셔서 집에 다녀왔어요. 추석에 못 내려가서."

"알지, 추석에도 이틀 근무했잖아. 집에 갈 거라고 생각했어."

"그러니까요, 왜 갑자기 먼저 그러시는지."

"그러니까 알겠네. 내가 그동안 어떤 사람이었는지. 남들에게 먼저 다가가지 못한다는 이유를 대며 남을 덜 배려하고, 덜 알아채며 살았던 거야."

받기만 했다. 물 흐르듯 흘러간 시간이 누군가의 노력과 배려 덕분에 가능했다는 사실을 모르고 살았다. 결혼식을 앞두고 결정할 일이 많아 예민했었다. 나만큼 분명 수호도 많은 생각과 감정이 들었을 텐데, 한 번도 묻지 않았다. 결혼 준비 과정 역시 그저 해야 하는 일로 치부했다. 모든 선택을 행복이 아닌 일로 만들었고, 그 속에서 수호에게 상처를 주었다.

희나는 수아와의 대화를 통해 헤어진 진짜 이유를 알게 되었다. 끝까지 수호가 희나를 상처 주지 않으려고 둥글게 표현했던 말의 숨은 의미를 깨달았다.

"내가 요즘 양양에 가거든."

"양양이요?"

"응, 양양 가봤어?"

"아뇨, 속초는 가봤어요. 근처 아니에요? 뭐가 달라
요?"

"조금 더 조용하고, 따뜻하고, 신기한 곳? 그곳이,
거기에서 만난 사람들이 나를 조금 변하게 했어."

보여주고 싶었다. 수호에게. 나, 조금은 변하고 있
어. 사람들을 생각하고 있어. 전보다 조금은 둥근 사
람이 되었어. 이제야 우리가 헤어진 이유를 알았어.
창밖으로 가는 눈발이 흩날렸다. 마치 그날의 눈 같아
서 수호가 함께 있는 것 같았다. 그래서 닿지 않을 말
들을 속으로 계속해서 이야기했다. 수호의 이름을 계
속해서 불렀다.

지안

·

자발적 백수

소윤의 조모상 부고를 들었을 때는 홍콩이었다. 글로벌 광고주를 모시고, 한국 배우가 참여하는 광고를 찍는 일정. 홍콩까지 갈 예정은 아니었는데 워낙 큰 광고주에 예민한 배우가 참여하는 프로젝트라 생각보다 인력이 더 필요했고, 일이지만 오랜만에 해외에서 콧바람이나 쐬자는 마음으로 참여했다. 이런 소식이 들려올 줄 모르고 말이다.

가야 한다. 연락을 받고 이 생각밖에 들지 않았다. 하지만 지안을 대체할 인력을 해외 출장까지 와서 찾기란 어려웠다. 희나와 새봄, 민은 자기들이 있으니 괜찮다며 지안을 다독였지만 속상한 마음이 출장 내내 따라다녔다. 늦은 저녁, 광고주와 식사를 마치고 숙소에 들어와 씻지도 않고 침대에 누워 한참을 뒤척이는데 희나에게서 전화가 왔다. 새벽에 가까운 시간이었다.

"너, 못 잘 것 같아서."

"소윤 언니는 어때요?"

"지안, 어쩔 수 없는 상황일 때는 해야 하는 일을 잘하는 게 답이야. 괜찮아."

그래도 마음 한구석이 불편했다. 결국 희나의 말대로 꾸역꾸역 출장을 마치고 한국으로 돌아왔다. 발인이 이미 지난 날이었다. 돌아오자마자 양양에 가서 소윤의 얼굴을 보았고, 조금 수척해진 얼굴을 한 소윤의 입에서 괜찮다는 말을 들었다. 하지만 얹힌 듯한 마음은 쉽게 가시지 않았다. 가장 힘들 때 힘이 되어준 사람. 그런 사람이 가장 힘들 때 옆에 있어주지 못하다니. 인간의 도리를 제대로 하지 못한 느낌이었다.

소중하지 않은 것 때문에 소중한 것을 놓치는 상황을 다시는 마주하고 싶지 않았다. 이 일은 소중한 것인가? 질문을 던졌을 때 생각보다 바로 답이 나오지 않았다. 광고를 좋아했다. 신문방송학을 전공했고, 대학 다니는 내내 공모전을 위해, 공모전에 의해 살았다. 지금 직장 역시 많은 대행사 중 가장 일하고 싶은 곳이었다. 합격했을 때 얼마나 기뻐했던가. 하지만 이 일을 10년이나 해왔음에도 소중한가, 라는 질문에 답을 내릴 수 없었다. 겨울 내내 이 생각이 지안을 떠나지 않았다.

*

AE, 아트디렉터, 카피라이터 등 업무는 다르지만 모두 '광고'에 묶여 있는 동기 모임 날. 테이블에는 작은 위스키잔과 그보다 큰 하이볼잔이 널려 있고, 테이블 중앙 자리에서는 지안이 조금 취해 발그레한 얼굴을 한 채 열변을 토하고 있었다.

"그래서 결론이 뭔데?"
"소중하지 않은 것 때문에 소중한 것을 놓치고 싶지 않다 이거지."
"그걸 서른 넘어서 이야기한다고? 일을 두고?"
"서른이 넘었으니까 이야기할 수 있는 거라니까. 20

대에는 몰랐어. 일? 중요하지. 돈 버는 거? 중요하지. 근데 '나'를 놓치면서까지 해야 할까?"

"잘만 다니다가 뭔 소리야. 그냥 너 지금 헛헛해서 그래. 마음이 그러니까 자꾸 다른 생각이 드는 거라고."

"맞아, 그럴지도 몰라. 그러니까 지금, 이 순간을, 내게 일어난 일들을 기회로 삼고 싶단 말이지."

"그래서 그만두게? 돈 안 벌어? 우리 아직 30대야."

"맞아, 30대. 삶에 여러 방향이 있다는 걸 알게 되는 나이. 그게 지금 같아."

뜬구름 잡는 이야기라며 놀리는 동기들의 말에도 지안은 꼿꼿하게 이야기했다. 그래야 할 것 같았다. 뱉어야 뭐라도 실행할 수 있지 않을까. 주워 담을 수 없게 남들에게 전해진 생각이 현실까지 닿길 바랐다. 그저 생각으로 멈추지 말아다오.

"이번 카피 되게 잘 나왔지?"

동기 하나가 따낸 큰 프로젝트 건으로 이야기가 옮겨가자, 모두가 입을 모아 칭찬했다. 지안도 마찬가지였다. 조금 전까지는 '일을 우선시하지 않는 삶'을 이야기해놓고, 세상 재미있는 얼굴로 카피에 관해 이야기했다.

"차지안, 광고를 그렇게 좋아하면서 뭘 그만둔다고."
"맞아, 나 광고 진짜 좋아했다? 아니, 지금도 너무너무 좋아한다?"
"취했네."
"우리 여기까지 오는 동안 얼마나 힘들었니. 대학 내내 공모전 준비하고."

지안의 말이 끝나자마자 동기들의 말이 끊임없이 이어졌다.

"합격했을 때 얼마나 기뻤고."
"매일 야근하면서도 꾸역꾸역 다녔고."
"그렇게 해서 온에어되면 세상 좋아했고."
"그러니까 계속 다녀야 하고."

맞다. 기뻤다. 지안은 대학 시절 광고를 업으로 삼기 위해 갖은 노력을 다했다. 고등학교 도서관에서 우연히 카피라이터가 쓴 책을 통해서 광고란 무엇인지 접했고, 처음에는 사람에게 매료되었다가 광고 관련 책들을 섭렵하고 나서는 광고 자체에 흥미를 두었다. 입시에서도 1, 2, 3지망 모두 신문방송학과 또는 언론정보학과를 적었다. 운 좋게 합격했고, 신문방송학을 전공하며 분기마다 교내에 붙는 공모전 포스터를 일일이 챙겼고, 교내와 교외를 가리지 않고 동아리 활동도 열심히 했다. 광고 두 글자가 붙는 곳이라면 어디든 갔다. 전공 수업 말고도 매 학기 팀을 꾸려 공모전 프로젝트를 진행했고, 이력서에 한 줄이라도 더 써넣으려고 노력했다. 그렇게 온 곳이 지금 이곳, A&E 커뮤니케이션즈. 한국에서 다섯 손가락 안에 드는 광고대행사였다.

물론 대행사 업무는 쉽지 않았다. 안일하게 생각한 것은 아니었다. 4학년 때 여러 강연을 들으며 단단히 각오했으니까. 지안이 만났던 광고인들은 하나같이 말했다. 체력을 기를 것! 광고대행사에서 제일 중요한 건 자격증과 공모전 수상 이력이 아니라 건강이라고. 업계에 들어온 후로 그 말을 뼈저리게 실감했다. 연차가 쌓일수록, 감당해야 하는 업무가 많아질수록 퇴근은 늦어졌다. 갑작스러운 일정 변경은 부지기수였다.

새벽에 집으로 향하는 택시비를 회사가 내줬지만 야
근이 좋을 리는 없었다. 어두운 밤, 달리는 택시 안에
서 많은 생각을 했었다. 하지만 깊게 하지는 않았다.
회피였다. 내가 할 수 있는 일이, 더욱이 잘할 수 있는
일이 이것이니 나의 목적지는 여기라고 단정 지었다.

*

앙상한 나뭇가지, 매서운 날씨, 얼어버린 한강. 그런
풍경 말고도 이제 겨울이 왔음을 알아챌 수 있는 날이
있다. 대학 수학 능력 시험날이면 포근하다가도 이상
하게 추운 바람이 불었다. 진짜 겨울을 알렸다. 그 하
루에 많은 사람이 웃고 울었다. 그 하루로 다음 인생
이 크게 달라지지 않건만, 그 이후 어떻게 사느냐가
더 중요하건만.

지안은 출근길 지하철에서 휴대전화로 수능 뉴스를
읽으며 생각했다. 어떻게 사느냐가 중요한 걸 알면서,
왜 그동안 어떻게를 생각하지 않았지? 기를 쓰고 사
랑했던 광고는 이제 헤어짐을 생각해도 아쉽지 않았
다. 마치 오랫동안 사랑했고, 볼꼴 못 볼 꼴 다 봐서 황

혼 이혼이 가능한 상대 같았다. 나는 당신에게 최선을 다해서 후회가 없어. 이런 마음을 사람이 아닌 광고에게 갖는 게 맞나 싶었지만 정말이었다. 꽁꽁 언 한강 풍경이 펼쳐지는 2호선, 출근 시간인데도 아직은 어둑한 아침. 겨울 날씨를 담은 것처럼 차디찬 사람들의 표정을 살폈다. 직장인으로서 삶의 무게를 짊어지고 있는 사람들에게 묻고 싶었다. 도대체 이런 생각과 싸우면서 어떻게 이겨내고 계신 건가요?

겨울이 되자 자리에서 점심 식사를 하는 사람들이 늘었다. 두꺼운 옷을 껴입고 밖으로 나가기 귀찮아 배달을 시키거나 간단히 먹는 형태로 바뀐 것이다. 누구나 날씨의 노예. 지안 역시 자리에서 간단히 샐러드를 먹고, 소민과 커피를 마시며 이야기를 나눴다. 점심시간이 끝난 후 사무실이 아직 부산스러울 무렵, 자리에서 슬며시 일어나 팀장 자리로 향했다. 팀장은 서랍에서 칫솔과 치약을 꺼내던 중이었다.

"팀장님."
"응, 지안."
"말씀드릴 게 있는데요."

"뭔데? 해."

쳐다보지도 않은 채 칫솔에 치약을 짠 팀장은 앉은 채로 지안을 올려다보았다.

"회의실에 가도 될까요?"

팀장의 눈빛이 흔들렸다. 멈칫하더니 칫솔을 책상에 둔 채로 둔탁한 소리를 내며 일어났다.

"나는 너희가 회의실 가자고 하면 그렇게 무섭더라."

회의실로 자리를 옮겨 큰 테이블을 사이에 두고 마주 앉았다. 팀장은 알면서도 모른 척하며 무슨 일이냐고 물었고, 지안은 차분하게 퇴사 의사를 밝혔다. 팔자 눈썹이 된 팀장이 일이 너무 많아서 그러느냐며 업무 조정을 원하는지 물었고, 지안은 "저희 일에 조정이 가능한가요"라고 반문했다. 팀장이 조그맣게 "그렇지, 애초에 그게 안 되지"라고 중얼거렸다.

좋은 상사였다. 첫 상사이기도 했다. 지안의 많은 실

수를 감내해준 사람. 지안은 처음 경위서를 쓰던 날 팀장이 불같이 화를 냈던 것이 떠올랐다. 하지만 그 분기에 진행된 면담에서 쭈뼛거리는 지안에게 "상사가 왜 연봉을 더 받는 줄 알아? 이런 거 막아주라고 더 받는 거야"라는 멘트를 날려 단번에 반하게 만든 사람이기도 했다.

10년 동안 이 회사에서 총 세 명의 상사를 거쳤고, 네 번의 팀 이동이 있었다. 첫 상사였던 분을 마지막 상사로 모실 수 있어서 다행이라는 생각이 들었다. 덕분에 회사와 광고에 좋은 기억만 남길 수 있었다. AE로 일하며 입에 담기도 싫은 광고주들과, 협업하기 더럽게 힘든 직원들도 있었지만 떠나기로 마음먹은 이상 아무 문제가 되지 않았다. 그저 열심히 일했고, 그 열심을 알아준 상사가 있었고, 광고를 무진장 사랑했다.

봄이 되기 전, 하지만 한강에 따스한 햇볕이 조금씩 내려앉던 겨울. 지안은 회사를 나왔다. 인생에서 처음으로 낸 용기다운 용기였다. 퇴사를 결정하기까지는 오래 걸렸지만, 결정을 내리고 나니 이후의 일들은 빠르게 처리되었고, 잠시 눈을 감았다가 뜨니 퇴사일이 코앞으로 다가와 있었다. 어디로 이직하느냐는 질문을 제일 많이 받았다. 아직 예정이 없다고 말했더니 반은 한심하다는 듯 반은 걱정스러운 눈으로 쳐다봤다. 굳이 왜 이런 결정을 내리는지 이해하지 못하겠다는 눈빛이었다.

드라마나 영화에서 보던 것처럼 커다란 종이 상자에 물건을 담아 나올 줄 알았지만, 진짜 퇴사는 달랐다. 10년 치 짐이 서랍에 가득 있었고, 도무지 상자 하나에 담기지 않는 양이었다. 인수인계하는 한 달 동안 조금씩 짐을 날랐더니 정작 퇴사 날은 손에 아무것도 들지 않아도 되었다. 덕분에 몸과 마음 모두 홀가분하게 동기들과 인사를 나누었다. 졸업장 잉크도 마르지 않은 채 일을 시작했다. 그렇게 10년이 지났으니, 그럴듯하게 쉬어본 적이 없었다. 스물넷에는 백수가 되는 것이 그렇게도 두려웠는데, 서른다섯에는 백수가 되기를 스스로 선택했다.

그렇게, 지안은 자발적 백수가 되었다.

새봄

·

준비의 계절

       겨울은 준비의 계절이다. 봄을 위해 웅크린 계절. 그렇지 않아도 아린 손끝이 갈라지는 건조한 계절. 꽃을 사러 오는 사람도, 꽃꽂이를 배우겠다는 사람도 적어서 새봄에게도 준비하는 계절인 셈이다. 크리스마스 같은 기념일을 제외하고는 플라타너스 역시 여유로웠다.

  [원데이 클래스 토요일 오후 4:00 예약 / 예약자 성함 박유준]

  웹사이트의 예약 안내 메시지였다. 이 겨울에 누가 꽃꽂이를 한다는 건지. 여자친구에게 선물하고 싶다며 남자 손님들이 오긴 했지만 1:1 클래스를 신청하는 경우는 드물었다. 여기는 양양에서도 외진 동네 아닌가. 새봄은 고개를 갸우뚱하며 [예약 확정]을 눌렀고, 주말에야 그 손님을 마주할 수 있었다.

"안녕하세요."
"어서 오세요, 클래스 예약하신 분이실까요?"
"네, 맞아요."
"선물하실 건가요? 어떤 용도로 배우시는지 알 수 있을까요?"
"아뇨, 그냥 배우고 싶어서요."

스물여섯 아니면 일곱쯤 되려나. 앳돼 보이는 남자가 등장해서는 그냥 꽃꽂이를 배우고 싶어서 이 겨울에 신청했다고 말했다. 이 겨울에? 그냥? 꽃꽂이를? 조금 의아했지만 어떤 꽃을 좋아하는지, 어떻게 만들고 싶은지 의논하고 컨디셔닝을 시작했다.

"이렇게 대를 잡고 정리한다고 생각하시면 돼요. 지저분한 잎을 떼는 거예요."

커다란 손끝에 꽃이 닿았다. 길고 가느다란 손가락. 그 손가락과 어울리는 섬세한 손길. 처음부터 꽃을 어루만질 수 있는 사람이었다. 둔탁하지 않은 손짓에 새봄은 유준을 힐끔 쳐다보았다. 생각보다 컨디셔닝이 빨리 끝나 새봄이 유준의 손재주를 칭찬했다. 유준은 조금 멋쩍은 듯 근처에서 도예를 한다고 답했고, 새봄은 그제야 낯익은 얼굴에 작은 감탄을 내뱉으며 손뼉을 쳤다.

유준은 일주일에 한 번씩 플라타너스에 왔다. 꽃을 만지기 전에 따뜻한 차를 마시며 안부를 주고받았다. 꽃에 대해 전혀 모르던 사람이 취향이라는 것이 생겨 이꽃 저꽃 이름을 물어보았고, 어느 꽃은 넣지 않겠다며 빼기도 했다. 가끔 강습이 없는 날에도 들러 커피 한 잔을 카운터에 올려놓고 가기도 했다. 손님 응대로 바빠서 보지 못하다가 계산하러 카운터로 가면 유준이 놓고 간 커피가 있었다. 메모라든지, 컵홀더에 간단히 적힌 메시지도 없었지만 유준임을 알 수 있었다. 한겨울에 마시는 아이스 아메리카노가 전혀 차갑지 않았다. 새봄은 그런 유준을 보며 귀엽다는 생각을 몇 번 하다가, 어느새 그가 오는 시간을 기다리고 있었다.

유준

　　　　　　　　　　용기를 내기로 마음을 먹었을
때는 이미 겨울이었다. 그래도 어쩔 수 없었다. 가을
에는 플리마켓으로 바빴고, 학기가 시작되어 수찬이
방과 후 수업으로 바빠지자 공방 일에 손이 많이 필요
했다. 겨울이 되어서야 조금 숨 돌릴 틈이 생겼다. 정
안 되면 트리라도 만든다는 마음으로 유준은 예약 버
튼을 꾹 눌렀다. 몇 분 지나지 않아 예약 확정 문자가
왔다.

　"뭐 기분 좋은 일 있어?"
　"네? 네니요."
　"네니요? 유준아, 미친 거야?"

"아니요, 그냥 자꾸 웃음이 나네요."

"네가 이 일이 힘들지 않나 보다. 평생 해도 되겠다."

　기다리는 일주일 내내 유준은 들떠 있었고, 당일 아침에는 소풍 가는 아이처럼 일찍 눈이 떠졌다. 무슨 옷을 입을지 한참 옷장 앞을 서성이며 이것저것 꺼내 보았다. 마땅한 옷이 보이지 않았다. 고민 끝에 검은색 니트를 골랐다. 평소에는 후드티나 맨투맨만 입으니 조금은 달라 보이길 바라면서. 새봄이 유준을 전혀 알아보지 못할 줄은 예상하지 못한 채. 샤워를 마치고 왁스로 이리저리 머리를 손질했는데 거울 앞에 웬 아저씨가 서 있었다. 다시 머리를 감았다. 향수를 들어 손목과 목과 머리에 뿌렸다. 옷에도 한 번, 머리에도 또 한 번. 어, 망했다. 다시 샤워했다. 그렇게 준비에만 두 시간이 걸렸다.

　플리마켓에서도 그렇고 레콩포르에서도 몇 번 오가며 마주쳤으니 얼굴을 알아보지 않을까 싶었지만, 새봄은 유준을 처음 보는 듯 대했다. 잠시 시무룩했지만 오히려 둘 사이에 아무것도 쌓이지 않았다는 사실이 서로 오해나 편견이 없다는 의미 같아 기쁘기도 했다.

"손재주가 좋으시네요. 남자분들 처음 오셔서 이렇게 잘 못 하시는데."

"아, 손으로 뭘 만들거든요."

손으로 뭔가를 한다는 소리에 새봄이 관심을 가졌다. 커다란 눈을 더 가까이에서 볼 수 있었다.

"어떤 거요?"

"저 위 도자기 공방에서 도예 해요."

"아! 수찬 씨네?"

"맞아요."

반가움도 잠시, 새봄은 말을 멈추더니 혹시 우리 플리마켓에서도 봤느냐고 물었다. 그러고는 본인이 사람을 잘 기억하지 못 한다며 미안하다는 말을 덧붙였다. 귀여웠다. 유준은 새봄을 놀리고 싶어 꽤 마주쳤고, 주차장에서 싸우는 모습도 봤다고 대답했다. 새봄의 얼굴이 붉어졌다. 교집합인 지인들이 있어서인지 자연스레 많은 대화를 나눌 수 있었다. 처음엔 다른 사람에 대해 이야기하다가 대화가 길어질수록 서로에 관한 질문으로 나아갈 수 있었다. 새봄의 나이, 카페 사장인 소윤과 아주 친하다는 것, 이 동네에서 나고 자랐다는 사실을 새로이 알게 되었다.

겨우내 꽃을 배웠다. 그전에는 꽃이라는 것에 조금도 관심 없었지만 좋아하는 사람과 함께한다는 것만으로도 꽃을 좋아할 수 있었다. 그렇게 해가 바뀌고, 스물아홉이 되었다. 나이를 한 살 더 먹고 나서는 조금 더 용기를 내보기로 했다. 새봄이 한겨울에도 '아이스 아메리카노, 얼음 많이'를 주문한다는 것을 알기에, 출근길에 커피 두 잔을 사서 한 잔은 플라타너스에 놓고 갔다. 친절이 부담되지 않으면 좋겠다는 간절한 마음을 담아.

다시, 새봄

눈이 많이 내리던 날이었다. 흩날리는 눈발에 지나가는 사람 하나 보이지 않았다. 이대로라면 눈이 점점 쌓여 집에 갈 때 애를 먹을 게 분명했다. 전화를 걸려는 순간 문이 열리며 눈사람이 된 유준이 들어왔다. 어깨에 눈이 소복이 쌓인 채로.

"눈이 너무 많이 와서 오늘은 취소해야 하지 않을까 전화 걸려는 참이었어요."

"눈이 와서 온 건데요?"

유준은 겨울을 제일 좋아하고, 그중에서도 눈 오는 날을 좋아한다며 넉살 좋게 웃어 보였다. 눈이 오는 게 뭐 그리 좋냐며, 역시 서울 사람이라고 새봄이 말했다. 새봄이 따뜻한 차를 건네자, 유준은 잔을 받쳐 들고 꽁꽁 언 손을 녹였다. 유준의 시선이 마주 앉아 찻잔을 쥔 새봄의 손가락을 향했다. 작고 가느다란 손가락. 꽃과 너무나도 어울리는 손가락. 시선이 느껴졌는지 새봄은 자리에서 일어나 유준을 등진 채로 창가를 바라보았다. 점점 쌓이는 눈에 오늘은 일찍 들어가는 게 좋겠다며 강원도를 얕보지 말라고 했다.

"그냥, 같이 눈 쌓이는 거 보면 안 돼요?"

손이 아닌 눈을 보고 이야기해서였을까. 아니면 유준의 눈빛이 강렬해서였을까. 새봄이 재빨리 눈을 피하고는 카운터로 발길을 옮겼다.

"그럼, 와인 한잔할까요?"

지난번 희나가 선물로 주고 간 와인을 꺼내자 유준이 좋죠, 하며 세팅을 도왔다. 무슨 와인인데요? 저도 잘 몰라요, 선물받은 거라. 유준 씨는 알아요? 아뇨, 저는 술은 소주랑 맥주밖에 몰라요. 잘 모르는 와인

한 병을 다 마셔갈 때쯤 어느새 상대방이 묻지 않았는데도 속마음을 술술 털어놓게 되었다.

"그래서 헤어졌어요. 아이 같다더라고요. 신기하죠. 사랑의 이유가 이별의 이유가 될 수 있다니. 이상하게 그 뒤로 작아지더라고요. 그 사람과 관련 없는 일을 하는데도 작아져 있었어요. 자신이 없었어요. 나는 왜 어리숙한 사람일까. 왜 아직도 어른으로 살지 못하나 해서요."

어려운 이야기까지 마치고 나니 괜히 부끄러운 마음이 들었다. 가만히 바라보는 시선을 이리저리 피해 다시 창밖으로 눈길을 돌릴 무렵, 잠시 스친 유준의 두 눈이 잔상처럼 남았다. 검은 눈동자 깊은 곳에서 새봄을 향해 달려오는 누군가가 언뜻 보인 것 같기도 했다. 달려오던 남자는 숨이 차지도 않은지 말했다.

"도기를 만들 때 신기한 게 뭔지 알아요? 우리 마음이 매일 다르듯 도기도 매일 다르게 만들어진다는 거예요. 똑같은 자리에서 똑같이 만들어도 고민하거나 다른 생각을 하면 모양이 비뚤어지거나 아예 다른 형태가 되죠. 결국, 좋은 도기를 만드는 건 좋은 마음이라는 거죠. 사람도 같다고 생각해요. 나의 좋은 마음이 상대를 좋은 사람으로 보이게 하는 거죠. 아마 새봄 씨를 그렇게 말했던 것은 그분의 마음이 달라져서였을 거예요. 새봄 씨 잘못이 아니에요."

살짝 풀린 눈이지만 유준은 새봄을 똑바로 바라봤다. 새봄의 잘못이 아니라는 말에서 강한 어조가 느껴졌다. 그 말에 새봄은 눈물이 고였다. 고인 눈물을 흘리지 않으려 꾹 참으며 대답했다.

"고마워요."
"참지 말아요."

무엇을 참지 말라고 한 것일까. 눈물일까. 취기일까. 서로에 대한 욕망일까. 참지 말라는 말과 함께 유준의 입술이 새봄에게 닿았다. 꽃을 만질 때의 손길처럼 부드럽고 섬세했다. 입술을 떼자마자 새봄은 놀란 눈을 하고는 손으로 입을 가렸고, 유준은 그 손 위로 한 번 더 입맞춤했다.

"나는 유준 씨가 생각하는 어른도 아니고, 실수투성이인 사람이에요."

"나는 새봄 씨의 어른스러운 모습이나 아이 같은 모습을 좋아하는 게 아니에요. 아, 다르게 얘기해볼까요? 나는 새봄 씨의 어른스러운 모습도 아이 같은 모습도 유치한 모습도 강인한 모습도 좋아해요. 모든 일에 진심인 한새봄이라는 사람이 담고 있는 많은 모습을 좋아해요."

모든 모습이 아니라 '많은' 모습을 좋아한다고 했다. 그 말이 좋았다. 사랑에 빠져서 그 사람의 모든 점을 좋아할 수 있다는 생각은 거짓이다. 분명 사랑하는 상대에게도 싫은 점은 있다. 그것을 어떤 모양으로 수용할 것인가가 곧 사랑이었다. 헤어지며 진운이 남긴 '너무 아이 같아서'라는 말이 목 어딘가에 걸려 있다가 조금씩 내려가는 것 같았다. 유준의 말대로라면 새봄은 아이 같기도, 가끔은 어른스럽기도 했다. 그 모습은 한새봄이라는 사람의 다양한 모습 중 한 부분일 뿐이었다.

다시, 유준

눈이 많이 내렸다. 강원도는 역시 눈이 많이 내리네, 라고 중얼거리며 발걸음을 재촉했다. 이왕 오는 거 더 내려서 꽃집에 갇혔으면 좋겠다는 대책 없는 생각도 했다. 눈사람 같은 모습으로 등장한 유준의 겉옷을 새봄이 툭툭 털어주며 걸어왔느냐고 물었고, 그렇다고 하니 따뜻한 차를 내어주었다. 그날은 둘 다 꽃을 만질 생각이 없어 보였다. 따뜻한 차를 앞에 두고 창밖의 눈송이를 보았다.

수공방은 겨울에 손님이 많냐는 새봄의 말에 유준은 그럴 리가 있겠느냐며 양양은 여행자들이 들르는 곳, 서핑하는 곳이 되어버린 것 같다고 답했다. 곧 수찬이 망할 것 같다고도 했다. 새봄이 마시던 차에 사레가 들려 캑캑거리며 웃었다. 그래도 가끔 한 달 살기 하는 이들이나 주민들이 도예를 배우러 오고, 근처 중고등학교 방과 후 수업이나 문화센터 활동으로 외부 강의를 나가기도 한다고, 유준도 웃으며 전했다.

거세지는 눈발 때문일까, 공간을 휘감는 이상한 공기 때문일까. 자꾸 쫓아내려 하는 새봄에게 돌직구를 던졌다. 저는, 여기서, 이 눈을, 보고 싶습니다! 새봄은 그런 유준을 말리다가 이내 포기하고는 와인을 꺼냈다. 눈 내리는 분위기와 어울리게 라벨지에 귀여운 눈사람이 그려진 와인이었다. 그 눈사람이 신기하게도 용기를 주었다.

"남자친구 있어요?"
"없어요."
"좋아하는 사람은 있어요?"

새봄이 잠깐 멈칫하는 듯하더니 이내 대답했다.

"없어요."

매일은 아니지만 자주 커피를 놓고 가곤 했다. 꽃에는 관심도 없으면서 1:1 클래스를 들었다. 유준의 마음을 새봄도 어느 정도는 알고 있으리라 생각했지만 좋아하는 사람이 없다는 대답을 들었다. 이상하게 그 말이 서운하지는 않았다. 오히려 다행이라는 생각도 들었다. 온전히 혼자인 사람이라 비집고 들어갈 수 있는 자리가 있는 것 같아 안도의 숨을 쉬었다. 그리고 묻지도 않은 대답을 했다.

"나는 있어요. 좋아하는 사람."

어색했던 걸까. 새봄이 자리에서 일어나 창가를 바라보며 유준을 등졌다. 봄에 남자친구와 헤어진 이야기, 헤어질 때 상처로 남은 이야기, 이제는 괜찮아졌는데도 무슨 일을 할 때마다 그 말이 생각나 주저하게 된다는 이야기를 했다. 안타까웠다. 무슨 말이라도 해주고 싶었다. 아니에요. 그렇게 생각하지 말아요. 유준은 뜬금없이 도기에 관해 설명하기 시작했다.

"참지 말아요."

새봄에게 다가가 입을 맞췄다. 놀란 듯한 새봄의 눈. 손 위로 한 번 더 입맞춤했다. 나, 나쁜 사람 아니에요. 아, 물론 이렇게 말하는 사람은 위험하다고 하지만 저는 진짜 아니에요. 그러니, 제발, 피하지 말아요. 전하지 못하는 목소리로 머리가 가득해질 때쯤 새봄의 손이 유준의 목을 감쌌다. 그리고 한 번 더 입맞춤을 나눴다. 처음보다 더 깊게. 이 순간이 술로 인해 가벼워지지 않길 바라며.

유준은 입을 맞추는 사이사이 계속 고백했다. 좋아해요. 좋아해요. 좋아해요.

좋아해요.

민
·
우리의 겨울

장례식장에서 민의 신경은 온통 준에게 가 있었다. 들를 것을 알기에 자꾸 기다려졌다. 장례 이틀째로 넘어가는 새벽이었다. 저녁보다 조용해진 장례식장 복도를 누군가가 뚜벅뚜벅 걸어왔다. 정적을 깨는 걸음 소리. 사랑은 정말로 이상하다. 어찌 보이지 않는 순간까지 보이게 만드는 걸까. 헤어졌어도 익숙했다. 부스스한 머리카락, 웃을 때 눈 옆에 지는 주름 세 개, 한쪽만 들어가는 보조개, 집게손가락의 상처, 그리고 걸음걸이. 민은 익숙한 발걸음 소리에 그 자리에 멈춰 섰다. 그리고 가던 길을 등지고 걷기 시작했다. 소윤에게 인사를 건네는 준을 몰래 보고는 황급히 화장실로 향했다. 보고 싶었지만, 막상

보게 되니 아무 생각도 나지 않았다. 어떤 표정을 지어야 할지도. 화장실에 얼마나 숨어 있었을까. 나와보니 이미 준은 돌아간 뒤였다.

거의 쓰러져 자는 소윤에게 이불을 덮어주고 밖에 나와 차가운 바람을 맞았다. 장례식에서 누군가를 돌보고 있으니, 준의 형인 훈의 죽음이 떠올랐다. 소윤의 남편이었던 사람. 민이 건네는 위로가 준에게 위로로 닿지 않던 때. 무슨 말로도 표현할 수 없던 시간.

둘은 의좋은 형제였다. 민과 준은 소윤과 훈에게 밥도 많이 얻어먹었다. 민과 준에게 두 사람은 사랑의 응원자이며 자신들이 생각하는 연애관의 종결자였다. 훈이 죽고 준은 한동안 흔들렸다. 원래 흔들리려고 태어난 사람처럼 굴었다. 아무리 잡아도 잡히지 않고, 아무리 일으켜도 세워지지 않는 시간이었다.

"그때도 겨울이었는데."

처음 만난 것도 겨울이었다. 대학 3학년 2학기 기말고사 준비로 도서관 소등 때까지 공부하다 뒤늦게 가방을 챙겨 집에 가는 길이었다. 후문에 있는 편의점에 들러 캔 커피를 사는데 준을 만났다. 사줄까? 고개를 끄덕이길래 하나를 손에 쥐여주고 버스정류장까지 함께 걸었다. 민에게 받아 든 캔 커피를 마시며 준은 물었다.

"왜 안 마셔?"
"나는 이거 손난로용. 버스정류장까지 추워서."

그게 두 사람의 시작이었다. 기말고사가 끝나는 날까지 2주. 둘은 약속이라도 한 것처럼 그 시간쯤이면 편의점 앞에서 서 있었고, 준은 민의 손에 늘 따뜻한 캔 커피를 들려주었다.

"시험 언제 끝나?"
"나는 내일 2교시만 보면 돼. 이제 방학이다."
"아…… 그래?"

편의점으로 들어가려던 준이 문 앞에서 주춤하더니 방향을 틀어서 다시 민 앞에 섰다.

"손."

의아해하며 민이 내민 손에 준의 손이 포개어졌다.
캔 커피 대신이라고 했다. 정말로 준의 손은 캔 커피
만큼 따뜻했다. 아니, 캔 커피와 비교할 수 없을 만큼.
그렇게 예뻤다. 우리의 시작이, 우리의 겨울이, 우리의
계절이. 겨울은 이래서 싫다. 처음으로 손을 잡던 날,
눈사람을 만들던 그해, 빨개진 코가 귀엽다며 깨물어
버리던 준. 같은 담요를 뒤집어쓰고 매년 보던 〈크리
스마스의 악몽〉. 10년간 너무 많은 겨울이 있었다.

발인을 마치고 희나와 함께 소윤을 집까지 데려다
준 뒤 집에 돌아와 뻗었다. 3일이 마치 일주일 같았다.
소윤에게 그 3일은 한 달 같았을까, 혹은 하루 같았을
까. 나 두고 가지 말라며 마지막에 목 놓아 울던 소윤
의 모습이 떠올랐다. 그 모습에 민도 눈물이 났다. 준
도 그랬을까. 그때는 지금보다 어려 아무 말조차 해줄
수 없었는데. 아니, 지금인들 해줄 수 있는 말은 없을
것이다. 겪어보지 못한 아픔을 짐작해서 위로하는 것
만큼 최악은 없으니까. 그래도 그때 더 힘이 되어줬어
야 했다. 하지만 그러지 못했다. 상실감 또는 누군가

의 죽음을 알기에 민은 너무 어린 나이였다.

깜빡 잠이 들었다. 침대에 울리는 진동 소리에 잠이 깼다. 휴대전화에는 친한 대학 동기 이름이 떠 있었다.

"어, 어쩐 일이야?"
"야! 정준 인터뷰 봤어?"
"무슨 소리야."

일찍이 편집자가 된 준은 두 번 출판사를 옮겼다. 지금의 출판사는 이름 대면 알 만한 작가의 책을 줄줄이 펴내는 규모 있는 곳이었다. 가끔 출판을 다루는 잡지에서 유명 작가를 인터뷰한 그의 기사를 읽었지만, 그마저도 준을 마지막으로 만난 후로는 읽지 않았다.

24페이지 작가와의 만남 〈주준영 작가에게 사랑이란?〉

"뭐가 어디 있다는 거야."
중얼거리며 글자를 따라 눈을 옮겼다. 그리고 한 부분에서 멈췄다.

주준영 그럼 제가 질문을 던져볼게요. 사랑하고 계시나요?

정준 편집자 작가님, 질문이 너무 포괄적입니다. 저는 많은 것을 사랑합니다. 이 계절, 지나가는 고양이, 겨울에 마시는 사케. 모든 것을요.

주준영 아니요, 그런 사랑 말고 사람이요. 우리가 흔히 말하는 그 사랑이요.

정준 편집자 사랑하죠. 이 계절을 좋아하게 해줬던 그 사람, 지나가는 고양이만 보면 한참을 앉아 구경했던 그 자리, 그 사람과 마시던 따뜻한 사케. 그 사람과 했던 모든 것을 사랑하죠.

주준영 그 사람과 헤어진 후에도 여전히 좋던가요?

정준 편집자 여전히요.

주준영 바로 그것이 제가 말하고 싶은 관계의 속성입니다.

겨울을 좋아하게 해준 사람, 고양이를 같이 구경했던 사람, 따뜻한 사케를 마시던 사람. 민이다. 분명 민이었다. 저런 말을 왜 다른 사람에게 한단 말인가. 이럴 거면 내게 연락했어야지. 나를 만나고 간 날, 나를 다시 안은 날, 널 봐서 좋았다고, 보고 싶었다고, 무슨 말이라도 했어야지.

준

　　　　　헤어진 지 벌써 몇 달이 지났
다. 계절도 두 번 바뀌었다. 이직하고, 민과 헤어지고,
이사를 하고. 정신없는 여름과 가을이 지나니 어느새
겨울이 되어 있었다. 헤어진 후 민이 너무 보고 싶은
날이면 근처에 볼일이 있다는 핑계로 연락했다. 서울
에서 양양까지 한달음에 달려가 아무렇지 않은 얼굴
로 민 앞에 서 있곤 했다. 그렇게 해서라도 봐야 했다.

　민을 다시 안으며 생각했다. 시간아, 제발 멈춰라.
멈출 수 없다면 다시 돌아갈 수 있게 아침이 되면 후
회한다고 해야지. 헤어지자는 말에 그래, 라고 말했던
것을 후회한다고. 나는 네가 없는 삶이 아무 의미 없

다고. 곤히 잠든 민의 머리카락을 넘기며, 예쁜 이마를 만지며, 손끝을 문지르며 생각했다.

전화벨 소리에 깼다. 이른 새벽이었다. 민이 잠에서 깰까 봐 바로 끊고 화장실로 들어가 다시 전화했다. 초판을 5,000부나 찍은 책이었는데 실수가 생겨 휴지 조각이 될 판이었다. 재인쇄는 불가능한 상황. 직원이 총동원되어 표지 뒤 ISBN 바코드에 스티커를 붙여 수정하는 작업을 해야 했다. 모두의 오랜 노력이 들어간 책이 스티커를 붙인 채 세상에 나가게 되었다. 황급히 민의 집에서 나왔다. 작가님께 전화를 걸어 연신 사과드리며 서울로 향했다. 이틀 밤을 꼬박 새우고 집에 들어와 몇 시간 잤다가 다시 나가 펼쳐져 있는 일들을 하나씩 해결했다. 그렇게 정신없이 사흘을 보내고 나니 그제야 생각이 났다. 아, 민이. 김민. 준은 휴대전화에 썼다 지우기를 반복하다가 아무렇지 않게 안부를 물었다.

[밥 먹었어?]

민과 재회 후 나흘째 되는 날이었다. 나름 고민한

문장이었다.

민을 만나고 5년쯤 지났을 때였나.

"상대가 밥을 먹었는지 궁금한 건 사랑이야. 보통 친구들한테 밥 먹었느냐고 매번 묻지는 않잖아?"
"그건 그렇지."
"인생에서 밥만큼 중요한 게 어디 있어. 그렇지? 그건 사랑이야."
"저녁은 먹었어?"
"뭐야, 같이 먹었잖아."
"사랑한다는 말이야."
"뭐야, 진짜."

어이없다는 듯 말하면서 민은 웃고 있었다. 준은 민의 시큰둥한 표정 너머 진짜 마음을 알아챌 수 있었다. 처음부터 알았다. 민은 말에 완전한 마음을 담지 않는다. 늘 모자라게 담는다. 그래서 상대를 간혹 서운하게 한다. 하지만 자신이 건넨 단어 중 어떤 것이 상대에게 뾰족하게 닿을 수 있다는 것을 인지하고 있다. 준의 마음이 불편하면 민 역시 불편해하고 있다.

오래 함께하다 보니 알게 되었다. 민은 말 대신 글에 마음을 담는다. 문장으로 자신의 마음을 자세히 설명했다. 그런 민의 글을 보는 것, 밥을 먹었느냐고 묻는 것. 행복이었다. 우리 이렇게 살다 결혼할 수 있을까. 감히 널 상대로 영원을 입에 담아도 될까. 언제까지 행복할 수 있을까. 행복이라는 단어에 언제쯤이면 불안이 따라오지 않을 수 있을까.

여덟 살 생일날, 엄마는 집을 나갔다. 정성스레 아침상을 차려놓고. 엄마가 끓여주는 마지막 미역국이라는 것도 모른 채 다 먹었다. 대학에 붙던 날, 아빠는 공장에서 크게 다쳤다. 훈이 마련해준 등록금 절반이 아빠의 수술비로 들어갔다. 훈은 기한에 맞춰 등록금을 내주기 위해 주변 사람들에게 신용을 팔았다. 준의 삶에 기댈 대상은 형 훈밖에 없었다. 모든 것을 책임지고, 가난을 등에 업고도 앞으로 나아가는 사람이었다. 그런 훈 옆에 언젠가부터 소윤이 등장했고, 그 후에는 자주 웃었다. 하지만 훈은 결혼 3년이 되는 해에 죽었다. 췌장암을 진단받았을 때 이미 말기라고 했다. 형이 왜, 이렇게 어린데, 우리 집 기둥이잖아. 이제 행복할 수 있을 것 같다고 했잖아. 나는, 형수는, 우리는 이제 어떡해.

처음 훈은 자신의 건강 상태를 전하며 웃어 보였다. 상황이 좋지는 않지만 이겨내겠다고 약속했다. 그러나 시간이 지날수록 건강은 급속도로 나빠졌고, 나빠지는 건강만큼 훈 역시 무언가에 갉아 먹히고 있었다. 더 똑똑했기에, 더 강했기에 그런 결정을 한 것일까. 그렇게 외롭게, 슬프게, 아프게, 병이 삼키기 전에 자진해서 떠났다. 그 시기에는 민을 들여다볼 여력이 없었다. 그저 내 힘듦, 내 슬픔에 취해 매일 술을 마셨다. 인정했다. 나는 행복해질 수 없는 사람이라고.

할 수 있는 말은 밥 먹었느냐는 말뿐이었다. 사정을 늘어놓으며 미안하다거나 이해해달라는 말을 차마 할 수가 없었다. 그저 밥 먹었느냐는 안부가 돌고 돌아 민에게 아직 널 사랑하고 있다고 들리길 바랐다.

준은 민이 보고 싶은 날이면 양양에 갔다. 술을 마시고, 늘 그랬듯 서로를 안았다. 새근새근 잠든 민의 짧은 손톱을 손가락 끝으로 만졌다. 불안해도 민의 손을 잡고 있으면 이내 괜찮아졌다. 그렇게 헤어진 후 만남이 세 번째 반복되던 날, 민은 그만 오라고 했다. 헤어질 때도 그런 표정을 짓지 않았다. 단호한 표정과 웃음기 없는 말투에서 화가 많이 났다는 것을 알 수 있었다. 민을 또 화나게 한 것이다.

졸업하자마자 출판사에 들어갔다. 글쓰기를 좋아해 문창과를 나왔지만 편집자로서의 일도 나름 재미있었다. 기획하고, 저자와 소통하고, 편집하고, 책이 나오는 것을 보고. 무언가를 열심히 할수록 민에게 상처가 될 수 있다는 걸 모른 채. 민은 졸업 후 계속 글을 썼다. 하지만 당선과는 점점 멀어졌다. 그럴 때마다 괜찮다고, 또 쓰면 된다고 했지만, 몇 년 동안 탈락만 반복돼서인지 민은 작아져 있었다. 자신의 슬픔이 버거워 민의 슬픔을 살피지 못했다. 처음 민의 손을 잡았을 때를 기억한다. 반짝반짝 빛이 나던 눈동자도. 하지만 몇 년 사이에 빛을 잃은 느낌이었다. 모든 게 자기 때문인 것 같았다. 어쩌면 불행을 옮기는 사람이라는 생각이 들 정도로.

"지금 뭐라고 했어?"
"그니까 내 말은 조금 쉬는 게 낫지 않냐는."

"네 눈에도 내 글이 형편없어?"

"그게 아니라, 김민, 자꾸 그렇게 이야기할래?"

돌이켜보니 민은 준이 일을 열심히 할수록, 이 직업에 만족할수록 불안했던 것 같다. 소속감 없이 30대를 보낸다는 것이 얼마나 불안한 일인지 몰랐다. 이해한다고 했지만 깊게 이해하려 하지 않았다. 끝이 보이지 않는 터널을 계속 걷는 느낌이었을까. 글 쓰는 것이 힘들다고만 생각했지, 민의 마음이 계속해서 작아지고 있다는 것을 알아차리지 못했다. 마지막엔 술에 취해 서로에게 상처가 될 말만 고르고 골라 던졌다. 깨진 유리 조각 중 제일 날카로운 것만 고른 것처럼 뾰족한 조각들이 날아와 마음에 박혔다. 아팠다. 술이 깨고 정신이 든 다음 그 말들을 되새겨보니, 평소에 늘 이런 마음을 말하지 못한 채 품고 있던 건가 싶었다. 상처를 극복할 수 없었다. 헤어지자는 민의 말에 그러자고 대답했다.

우리는 빠르게, 열심히 헤어졌다. 이렇게 아플지도 모르고. 미련한 결정이었다.

Season 4

봄

지안

·

봄은
반드시 온다는 것을

"얼굴 좋아졌다."

지안은 연락도 없이 찾아온 소민과 집 근처 식당에서 파스타와 와인으로 저녁을 먹었다. 안초비 파스타를 포크에 돌돌 말아 입으로 가져가는 지안의 손과 열심히 움직이는 볼을 소민은 한참 구경했다. 그러고는 쉬는 동안 얼굴이 좋아졌다며, 마치 신생아 피부 같다고 지안의 얼굴을 계속해서 만졌고, 지안은 그 손을 열심히 뿌리쳤다. 회사는 어떠냐는 지안의 질문에 소민은 똑같다고 답했다. 똑같이 바쁘고, 똑같이 부려먹고, 사람들은 똑같이 가십을 좋아한다고. 지안이 퇴사한 뒤 회사에서는 지안의 로또 당첨 소문이 돌았다고 했다. 그도 그럴 것이 일밖에 모르던 사람이 갑작스레 그만둔데다, 이 업계는 생각보다 좁아 이직하면 그 사람의 행방을 어떻게든 알 수 있는데 그것도 아니니 그런 소문이 날 만도 했다. 이제는 가십조차 되지 않는 것 같지만.

"그래도 재미있긴 했어. 일이 너무 많았지만, 견딜 수 있을 만큼이었으니 견뎠던 것 같기도 하고. 그래도 그 회사, 사람을 너무 부려먹어."

미간을 살짝 찌푸리는 지안에게 소민이 와인잔을 들며 건배 제스처를 취했다.

"그만 말해, 차지안. 나는 계속 다녀야 하잖아. 대출금을 마저 갚으려면 계속 다닐 수밖에 없다고. 우물 안 개구리가 되어야 한다고."
"맞아, 나도 대출이 있었으면 못 그만뒀겠지."
"30대는 대출금 갚으며 지나가는 나이 같아."

소민이 와인을 한 모금 마시고, 눈을 지그시 감으며 인생 다 산 사람처럼 고개를 흔들었다.

"40대에 더 행복해지기 위해서라고 치자."

"일을 그만두니까 세상이 다 빛나? 어떻게 그런 말을 하지? 차지안?"

여유가 아예 없던 건 아니었다. 해마다 해외여행 한두 번은 다녀오려고 기를 썼다. 마지막에 몰아 쓰긴 했지만 휴가도 악착같이 소진하려 했다. 하지만 대행사라는 점에서 내 스케줄보다 회사 스케줄이, 광고주 스케줄이 우선시되는 건 어쩔 수 없었다. 여행을 가려고 짐을 쌌다가 다시 풀어야 하는 날도 있었고, 새벽에 택시를 타고 퇴근하는 건 흔하디흔한 일상이었고, 어딜 가더라도 노트북을 들고 다녀야 했다. 이 일을 업으로 삼은 사람이라면 모두가 그랬다. 그래서인지 장기 근속자들은 광고를 정말 사랑하는 사람만 남았다. 사랑하지 않으면 계속할 수 없었다. 무슨 최면이었는지 그렇게 살았고, 그게 당연하다고 생각했다. 하지만 한 발짝 떨어져서 보니 당연한 일은 아니었다. 우리는 꽤 어려운 일을, 꽤 힘들게 하고 있었다.

지안은 퇴사를 진행하며 인사팀과 면담했다. 면담에 참석하기 전 회사 로고가 박힌 문서 한 페이지를 채워야 했다. 퇴사 이유, 회사의 장단점, 회사가 앞으로 나아가야 할 길과 개선할 점. 제가 앞으로 나아가야 할 길도 모르겠는데요. 처음에는 열심히 쓰다가 마지막 질문에서 멈췄다. 회사가 개선할 점? 지금까지 쓴 내용을 처음부터 다시 찬찬히 읽었다. 지안이 거론한 문제점은 먼저 퇴사한 사람들도 적은 내용일 것이다. 하지만 회사는 10년 동안 바뀌지 않았다. 입사할 때 문제라고 생각했던 점이 지금까지도 문제였고, 지켜달라고 한 것은 매번 아직은 어렵다는 핑계를 대며 지켜지지 않았고, 여느 기업과 마찬가지로 사람보다는 실적을 중요시했다. 지안은 인사팀 직원과 마주 앉아 종이를 앞에 두고 이런저런 이야기를 나눴다. 펼쳐져 있는 종이에서도, 인사팀 직원의 얼굴에서도 어차피 이야기 대부분은 휘발되리라는 걸 알 수 있었다.

인사팀 직원이 시계를 슬쩍 확인하는 것을 보고 지안은 흐트러진 종이를 가지런히 모아 직원에게 건넸다. 그리고 십여 분 동안 이야기하던 말투보다 더 정중한 말투로 말했다.

"남아 있는 동료들을 회사가 조금 더 소중히 여겨주

었으면 합니다. 물론 회사는 그런 곳이 아니죠. 그래도 여기는 '광고'를 말하는 곳이잖아요. 사람들이 무얼 좋아할지 파악하는 일을 하잖아요. 그만큼 '사람'이 중요하다는 걸 매 순간 깨닫는 곳이잖아요. 제 동료들도 사람입니다. 그들의 노력을 너무 저평가하지 말아주세요. 돈을 받으니 그만큼 일하는 게 뭐 그리 어렵냐는 식으로 말하지 말아주세요. 인정, 감사, 돈 안 들어요. 하지만 사람을 일으켜 세울 수 있어요."

미팅룸 문을 닫고 나오며 괜한 소리를 했다는 생각이 들었다. 사장실에 쳐들어가 사장 면전에 대고 말하지 않는 이상, 아니 설사 그렇게 한들 그만두는 입장에서 달라질 거 하나 없는데 왜 그랬나 싶었다. 회사를 그만둔다고 하니 이제 쓸데없는 용기가 나오는 것인가. 헛웃음을 치며 사무실로 돌아왔다. 몇 시인지도 모른 채 분주히 움직이는 동료들을 바라봤다. 분명 자신이 이 업계를, 이 회사를 나가며 해줄 수 있는 유일한 일을 한 것이었다.

*

백수 생활은 생각보다 금방 지겨워졌다. 제대로 쉴 줄도 모르는 인간이 된 건가, 하는 생각을 많이도 했다. 여행이라도 가야 하나 싶다가도 누구랑? 언제? 생각하면 쉽게 발이 떨어지지 않았다. 무엇을, 어떻게 해야 할지를 몇 날 며칠 생각하다 제과제빵 학원을 등록했다. 소윤의 카페에서 몇 번 베이킹을 한 뒤로 흥미가 생기기도 했고, 손으로 하는 건 못한다고 생각했는데 꽃을 다루는 새봄보다 잘 만드니 어쩌면 재능이 있는지 모른다는 생각도 들었다. 물론 학원 수업은 원데이 클래스보다는 재미없었다. 시간도, 레시피도, 과정도 모두 철저히 지켜야 한다는 점에서 그랬다. 그래도 10년이나 한 직장을 다닌 성실함은 자격증까지 무사히 도달하는 데 지렛대가 되어주었다. 그저 제과제빵 기능사 자격을 하나 얻었을 뿐인데 르 꼬르동 블루가 아쉽지 않았다. 열심히 만들어볼 마음도 생겼다. 내가 만든 음식이 어깨너머로 배운 것이 아니라는 안도감에서였다.

유튜브에서 본 새로운 레시피로 쿠키를 구워 양양

에 간 날이었다. 민과 소윤과 함께 커피를 내려 맛보는데 소윤의 얼굴이 진지한 표정으로 바뀌더니 지안에게 만들어서 카페에 납품하는 건 어떠냐고 제안했다. 요즘 레콩포르에 손님이 늘어서 손이 모자란다는 말과 베이커리 종류를 늘리면 좋은데 아쉽게 그럴 인력이 없다는 말도 덧붙였다. 맛있다는 소문이 나면 다른 카페에도 납품할 수 있을지 모르고, 그러면 안정적인 수입도 생기지 않겠느냐는 이야기도. 지안은 폐를 끼칠까 싶어 손사래를 치다가 동시에 이런 상상을 해보았다. 양양에 사는 모습을, 레콩포르에서 계절이 지나가는 것을 바라보는 모습을, 더 달라진 자신의 모습을. 급하게 결정할 필요가 없으니 천천히 생각해보라는 소윤의 말에 혹시 특혜냐고 물었더니 소윤이 미소지으며 특혜지, 하고 답했다.

서울에서 양양까지 두 시간 반. 지안이 꼭 서울에서 살아야 하는 이유는? 이제 없었다. 지금 집 전세는? 두 달 후 재계약. 양양의 집값은? 서울보다는 싸지 않을까. 직장부터 집까지 한꺼번에 환경이 바뀌어도 되는 것일까? 어디서 점이라도 보아야 하나? 너무 좋게만 흘러갈 때 한 번쯤 브레이크를 밟아야 한다던데, 혹시

지금인가? 서울로 돌아오는 길, 지안은 감당해야 할 경우의 수를 최대한 떠올렸다. 늦은 저녁이 되어서야 집에 도착했고, 냉장고에서 맥주 한 캔을 꺼냈다. 시원한 소리와 함께 결정했다. 양양에 가기로.

양양에서 하루는 서울에서와는 매우 달랐다. 10년간의 직장 생활이 독이 된 것인지 여전히 새벽이면 떠지는 눈에 늦잠은 잘 수 없었지만, 출근하지 않아도 되는 삶은 아침잠을 쉽게 포기할 수 있다는 것을 알았다. 못 자면 낮잠 자면 되지, 내일 자면 되지, 하며 넘길 수 있었다. 컴컴한 새벽, 집으로 돌아오는 택시 안에서 꾸벅꾸벅 졸던 지안은 이제 없었다. 전날 부풀려 놓은 반죽으로 스콘과 몇 가지 빵을 굽고, 여러 종류의 쿠키를 만들었다. 아침 일찍 오픈 시간에 맞춰 소윤의 카페에 진열해놓고, 바에 앉아 민이 내려주는 커피를 마셨다. 솜씨 좋은 민의 핸드드립을 보다가 멍도 때렸다. 창가에 앉아 똑같아 보이지만 매일 다른 풍경을 바라봤다. 어디에선가 봄이 오는 소리에 자전거를 타고 해안 길을 한 바퀴 크게 돌고 와서는 플라타너스에 들러 새봄과 점심을 먹었다. 가끔 새봄의 꽃 손질을 돕고, 호텔까지 함께 출장을 나가기도 했다. 일주일에 한 번씩 도예 공방에서 밥그릇, 국그릇, 수저 받침대 등을 만들기도 하고, 희나의 쉬는 날을 기다렸다가 함께 서핑을 배우기도 했다. 크게 벌지도, 크게 쓰지도 않는 삶. 무엇을 계속해서 배우는 삶. 양양에서의 시간은 지안이 어떻게 살고 있는지를, 어떻게 살고 싶은지를 알게 해주었다. 어른이 된 지 한참이지만 어디선가 곧은 심지가 새로이 자라나는 느낌이었다.

*

수공방의 문을 열자 늘 웃으며 반겨주던 유준 대신 지안을 맞이한 건 수찬이었다.

"어? 유준 씨는요?"
"오늘 서울에 일이 있어서요."
"아."
"왜요, 내가 봐주면 안 되는 거예요?"
"아뇨, 그건 아니지만."
"잊고 있는 것 같은데 여기 사장은 나예요."

수찬이 장난스레 지안에게 인사했다. 유준과는 새

봄과 함께 지내면서 꽤 편한 사이가 되었다. 그래서 무엇을 만들어보고 싶다고 하면 지안의 실력으로는 만들 수 없어도 늘 그러자 했고, 만들다 망쳐버려도 그러려니 웃어주며 손봐주었는데, 그런 유준이 없다 하니 공방이 갑자기 부담스러워졌다. 빈자리를 골라 앉아 의자에 에코백을 가지런히 걸어놓은 뒤 점토를 손으로 만지작거렸다. 얼마나 지났을까. 수찬이 말을 걸었다.

"화병 만든다고 하지 않았어요?"
"아마도 그랬죠."
"화분이 됐는데."

지안이 수찬을 향해 눈을 흘겼다.

"첨성대 같기도 하고?"
"어떻게 좀 해봐요."

계속되는 놀림에 화병에서 첨성대가 된 넓은 점토를 내려놓으니 수찬이 손을 뻗었다. 능숙하게 손보며 말을 이었다.

"근데, 양양에는 어떻게 왔어요?"

"글쎄요, 내가 '어떻게' 사는지 보려고?"

"어떻게?"

"네, 살고는 있는데 어떻게 살고 있는 건지 모르겠더라고요. 그래서 잠시 제동을 걸어봤어요. 브레이크를 밟듯이요."

"근데, 지안 씨는 원래 그런 행동을 잘 안 하는 사람이죠? 보통은 계획대로 하는 사람?"

"네, 어떻게 알았어요?"

"만들 때 차근차근, 하나하나. 알려주지 않는 건 묻지도 않고."

"하, 재미없는 사람인 거네요."

"아뇨, 그렇다는 건 아니고. 점토 다루는 거 봐도 어느 정도 성향이 보이니까요."

"맞아요. FM처럼 살고, 틀에 박힌 게 좋았던 사람. 그게 옳다고 믿었던 사람. 물론 그게 옳지 않다는 건 아닌데요."

"아닌데요?"

"그냥 다르게 살아보는 것도 좋다는 생각이 자꾸 들어요. 조금 늦었는지도 모르겠지만. 요즘은 왜 MBTI다 뭐다 해서 테스트로 성향을 구분하잖아요. 결과를 분석하고, 그런 사람이구나 인정하고. 근데 모르잖아요. 내 안에 내가 모르는 모습이 또 있을지도요. MBTI로는 나타나지 않는 모습이요. 저는 손으로 뭘 만든 게 초등학교 때 백점토로 코끼리 만든 게 다였거든요? 성인 이후로는 정말 없었어요. 그래서 못하는 줄 알았고, 어디 가서도 계속 똥손이라고 하고 다녔어요. 근데 레콩포르에서 우연히 스콘을 만들었는데 생각보다 모양도 맛도 괜찮더라고요? 소질까지는 모르겠지만 재밌었어요. 제과제빵 기능사 자격시험도 한 번에 통과했고요. 그렇다면 모르는 거잖아요. 앞으로도 제가 얼마나 많은, 해보지 않았던 일을 할 수 있는지요."

조곤조곤 뱉은 지안의 말이 끝나자, 수찬이 첨성대에서 다시 화병으로 좁혀진 점토를 건네며 말했다.

"그 마음, 내가 높이 사요."
"마음이요?"
"그런데 적어도 도기 만드는 데는 뛰어난 재능은 없는 것 같네요."

칭찬인지, 아니면 재주가 없으니 이제 그만 오라는 의미인지는 모르겠지만 놀림을 받으면서도 꿋꿋이 화병을 완성했다. 그리고 수찬에게 다음 작업을 부탁하고 가볍게 인사한 뒤 공방을 나왔다. 쨍한 햇볕을 받으며 자전거에 올라 힘차게 페달을 굴렀다.

얼마를 달렸을까. 조그만 언덕 앞에서 잠시 멈추었다가 숨을 크게 쉬고는 힘을 주어 페달을 밟았다. 내려서 끌고 가는 게 나았을까. 아냐, 몇 번 지나간 길인걸. 꾸역꾸역 페달을 밟아 올라가니 언덕 아래 활짝 핀 벚꽃이 보였다. 계절이 바뀌었음을 온몸으로 알리고 있었다. 며칠 전까지는 피지 않아 사람을 서운하게 만들더니, 정말 꽃이 피는 건 찰나였다.

무작정 양양을 찾았었다. 누군가를 잊기 위해, 어떻게든 살고 싶어서. 무더운 여름이었다. 비가 세차게 내리던 가을, 소중한 겨울을 지나, 이제는 봄이 되어 양양에 살고 있었다. 조용히 한 방향으로 흘러가던 인생이 굴곡을 빚으며 속도를 줄이고 있었다. 앞으로 어떤 일이 생길지 예상할 수 없지만 더는 예상하며 살고 싶지 않다는 생각도 들었다. 그동안 너무 많은 것을 계획하며 지내왔다는 생각 역시. 페달을 밟으며 언덕을 세차게 내려갔다. 봄바람이 머리카락을 흩날렸고, 온몸으로 그 바람을 맞았다. 만개한 벚나무 아래 잠시 자전거를 세우고, 하늘을 올려다보았다. 나뭇가지 사이 푸른 하늘이 그림 같았다. 사진을 한 장 찍어 희나에게 전송했다.

[언니, 봄이에요.]

새봄

·

고여 있어도
괜찮다 말하는 사람

　　　　　　　　　　태어나 보니 부모 중 부는 없
었다. 애초에 없는 사람이었다. 하필 봄이었다. 모두
가 아름다웠고, 빛났고, 들떠 있었다. 모는 계절을 따
서 새봄이라는 이름을 지어줬다. 하지만 주로 봄이라
고 불렀다. 봄아, 밥 먹어라. 봄아, 어디 가니. 봄아, 아
프면 안 된다. 봄아, 봄아, 봄아. 봄아, 너는 왜 아빠가
없어? 보통은 부도 있다는 것을 초등학교 첫 운동회
때에야 알았다. 모 혼자 새봄을 키웠다. 그래도 아이
가 두셋이 아닌 하나인지라 악착같이 일하면 여느 아
이처럼 키울 수 있었다. 풍족하지는 않았지만, 달에
한 번 시장 통닭을 사다 먹었고, 연에 한 번 통조림 과
일이 박혀 있는 촌스러운 케이크에 초도 꽂았다. 어떻

게든 살아내려던 모 덕에 그리 불행하지 않았다.

아이는 돈의 여유와는 상관없이 하루하루 자랐고, 특별히 무언가를 가르치지 않아도 새로이 배웠다. 특출나게 잘하는 건 없었지만 고루 잘하기에 모는 더욱 마음이 쓰였다. 부족하지 않게 키우고 싶었다. 오랜 시간 아이를 위해 많은 것을 감당했다. 그래서였을까. 부가 있었다면 조금 달랐을까. 남들보다 일찍 노쇠해졌고, 쉽게 병약해졌다. 새봄이 대학에 들어가 꽃을 배우며 활짝 피고 있을 때였다.

플라타너스라는 꽃집 이름은 2011년작 영화 〈플라타너스나무 아래서〉에서 따왔다. 모와 함께 마지막으로 본 영화였다. 한국과 별다르지 않은 가족 이야기를 담은 튀르키예 영화. 사람은 다 똑같아, 세상은 다 똑같아, 가족은 다 똑같아, 라고 말해주던 영화. 모가 세상을 떠나고 나서 새봄은 어딘가에 고여 있었다. 흐르지 않고, 계속해서 고여 있었다. 고여 있으면서도 유일하게 놓지 않던 것이 있다면 꽃이었고, 우연히 진운을 만났다. 진운은 2017년 개봉한 영화 〈플립〉을 가장 좋아한다고 했다. 그 영화에도 플라타너스나무가 나오죠. 저도 플라타너스나무 좋아해요. 그렇게 다시 흐를 수 있었다. 부모의 결핍을 진운을 통해 채웠다. 사랑은 다 같은 모양인 줄 알고, 누구에게라도 받으면 모두 다 채워질 줄 알았다.

내게 부족한 부분을 누군가를 통해서 채우려 한 것이 욕심이었을까. 그래서 나도 모르게 아이처럼 굴었을까. 그런 부분이 상대를 질리게 했을까. 봄이 되었다. 헤어질 때와 같은 계절을 다시 맞이했다. 그때의 풍경을 다시 보며 1년이 지났음을 알았다. 시간이 지났음에도 새봄은 자주 자신의 결핍에 대해 생각했다. 손을 바삐 움직이지 않으면 어딘가 고여 있는 사람처럼, 가끔 멍하니 멈춰 있었다.

"결핍을 다 채울 필요 없어요."

유준은 그렇게 이야기했다. 진운과도 보던 밤바다에서. 밤바다 풍경은 그때나 지금이나 고요하고 한결같은데 옆자리에 앉아 있는 사람이 바뀌었다는 사실에 마음이 무거웠다. 어디선가 좋지 못한 생각의 악취가 올라오는 듯도 했다. 유준과 함께 지낸 지 몇 달이 지났다. 겨울이 지나고 봄이 되었다. 사람을 알기에는 턱없이 부족한 시간. 그래도 유준은 새봄의 이야기가 끝날 때까지 말을 끊거나 질문하지 않는다는 정도는 알게 되었다. 새봄이 마음에 고여 있는 이야기를 모두 말할 때까지, 오래 걸리면 오래 걸리는 대로, 말하기 싫어 딴청을 피우면 피우는 대로 놔두었다. "고여 있으면 어때요"라는 말도 유준의 입에서 처음 들었다. 유준은 플라타너스가 나무 이름인지, 꽃집 이름인지, 만화영화 주인공 이름인지 전혀 몰랐다. 둘의 공통 관심사는 적었지만 그럼에도 새봄은 흘렀다. 어렵지 않게 자신의 이야기를 꺼내며 흐를 수 있었다.

"모든 예술은 결핍에서 온다고 생각해요. 그래서인지 저는 결핍이라는 단어가 나쁘게 들리지 않아요. 제가 생각하는 결핍은 다른 사람을 이해할 수 있는 방법이에요."

유준의 결핍은 무엇일까. 궁금했지만 묻지는 않았다. 사랑을 앞세워 상대의 모든 것을 알아야 한다고 생각하던 날이 있었다. 시간이 지나고, 나를 제일 잘 알던 사람이 나를 제일 모르는 사람이 되고 나서야 알았다. 사랑은 그 사람을 다 안다고 자부하는 순간부터 무너진다. 상대의 마음을 내 마음과 동일시하는 순간부터, 크기를 비교하는 순간부터, 다 알려고 집착하는 순간부터.

플라타너스는 다시 사랑을 품은 곳이 되었다. 새봄이 새로운 사랑을 하게 되어서도, 유준을 만나게 되어서도 아니었다. 새봄이 원래의 새봄으로 돌아온 것이 가장 큰 이유였다. 희나 식으로 이야기하자면 닻이 생겼달까. 마침 봄이었다. 꽃집 주변으로 화사함이 내려앉아 있었고, 공간을 품고 있는 공기마저 따뜻했다. 문을 열고 들어가면 가득 핀 꽃과 그 꽃만큼 환하게 웃는 새봄을 볼 수 있었다.

*

꽃잎이 바람에 날리던 주말, 새봄은 플라타너스를 닫은 채 서울에 왔다. 서울은 오랜만이었다. 유준이 몇 주 전부터 같이 보고 싶다던 전시를 보기 위해서였는데, 좀처럼 무언가를 조르지 않는 사람이 꼭 함께 보고 싶다는 말에 그러자고 했다. KTX에서 내리니

저 멀리서 여느 때보다 멀끔히 차려입은 유준이 손을 세차게 흔들며 새봄을 불렀다. 일 때문에 유준은 며칠 전부터 서울에 와 있었다. 오랜만까지는 아닌데 며칠 만에 보는 얼굴이 반가웠다. 역 주변의 사람들은 부산 스러웠고, 겨울부터 여름까지 다양한 옷차림을 볼 수 있었다. 옆을 스쳐 지나가는 사람들의 걸음걸이에서 봄이 주는 희망찬 기운이 느껴졌다.

서촌으로 자리를 옮겼다. 마주 보지 않고, 창가 자리에 나란히 앉아 창밖을 바라보았다. '디미dimi'라는 식당이었다. 길 건너에 돌담이 보이고, 가로수는 이제 막 새옷을 입은 듯 푸릇하고, 사람들은 웃고 있었다. 먹고 싶은 것을 다 고르라는 유준의 허세에 새봄이 웃으며 수공방이 돈 많이 줘요, 라고 물었고, 유준은 그렇지는 않다며 시무룩한 표정을 지었고, 두 사람이 함께 소리 내 웃었다.

1년 중 벚꽃이 가장 환하게 피는 주말, 그 순간을 조금이라도 오래 간직하려고 사람들은 너도나도 꽃구경에 여념이 없었다. 유준과 새봄도 서촌을 걸었다. 도로변까지 나와 사진을 찍어주는 커플 사이를 걷고,

나이 지긋한 할머니와 할아버지가 벤치에 앉아 올해도 벚꽃이 피었구나 하고 구경하는 모습을 보며 걷고, 벚나무 뒤에 있는 허름한 떡볶이집을 지나쳐 걸었다.

그렇게 걷고 걸어 전시가 열리는 박물관에 당도했다. 새로 지어져 외관도 예쁘고 내부도 깨끗했다. 도예에 문외한인 새봄은 낯설었지만, 데려와준 유준의 성의를 생각해 열심히 볼 예정이었다. 그렇게 한 작품 한 작품을 찬찬히 살폈다. 그런 새봄을 유준이 뒤에서 바라보았다.

"그렇게 열심히 안 봐도 돼요."
"잘 모르지만 재밌어요. 내가 모르는 세계이니까."

기성 작가들의 전시는 어떤 무게가 느껴졌다. 작가마다 색이 다르고 작품마다 어떤 의미인지 확실히 나타내고 있었다. 그러면서도 한 명의 작가로 공간을 구성한 듯 비슷한 분위기를 내뿜었다. 가끔 난해하기도 했다. 그 속에서 작고 영롱한 화병 하나가 보였다. 무엇이라 설명하기 힘든 빛. 새봄은 그 앞에 멈추었다. 그리고 말없이 한참을 바라봤다. 새봄이 꽃을 만져서가 아니라 누구든 이 앞에서는 멈출 수밖에 없겠다고 생각하며 작가 이름으로 시선을 옮겼다. 낯익은 이름. 놀란 눈으로 뒤를 돌아보았다. 유준이 새봄을 지켜보고 있었다.

"기억해요? 좋은 도기는 좋은 마음에서 만들어진다고 했던 말이요. 나, 이거 만들 때 새봄 씨만 생각했어요. 그래서 좋은 도기를 만들 수 있었어요."

유준의 열 번째 고백이었다.

전시 관람 후 바쁘게 다시 KTX에 올랐다. 저녁에는 지안이 처음으로 집을 구한 것을 축하하는 일정이 있었다. 새봄은 이런 전시였다면 미리 말을 해주지 그랬냐며 유준을 타박했고, 유준은 어차피 말했어도 지안에게 갔을 테니 달라질 것이 없지 않냐고 답했다. 그 말에 새봄이 조그만 입술로 그렇긴 하다고 답했고, 유준은 그것 보라는 듯 웃었다.

지안은 서울 집은 전세였는데 어쩌다 양양에 집을 사게 되었는지 모르겠다고 말했다. 서울이나 양양이

나 집값은 왜 이리 비싼 거냐고 우는 소리도 더했다. 우는 소리가 끝나자 모두 잔을 들어 지안의 새출발을 응원했다. 새봄은 이야기를 주고받으며 웃고 있는 사람들을 바라보았다. 유준은 소윤에게 무엇 때문인지 혼이 나고 있었다. 그 옆에서 희나가 둘을 바라보며 웃다가 새봄과 눈이 마주쳤다. 언젠가 희나에게 저는 너무 요동치는 것 같아요, 라고 말했던 순간이 떠올랐다. 신기하게도 지금은 요동치지 않았다. 희나 말대로 닻이 생긴 것인지, 아니면 애쓰고 있는 것인지 모르지만.

누군가 부르는 목소리에 정신이 들었다. 소윤이 다시 한번 봄아, 하고 불렀다. 그렇게 다시 흘렀다. 고여 있어도 되는 거니까. 고여 있다가 흐르고, 또 고이고. 결핍은 다른 사람을 잘 이해할 수 있는 방법. 어둑해진 밤, 창가에는 벚꽃만이 눈처럼 빛났다. 조명이 필요 없는 계절. 봄이었고, 봄이 환하게 웃었다.

민
·
밥 먹었어?

이번에도 떨어지면 SF소설은 쓰지 않겠다고 다짐했다. 그리고 떨어졌다. 졸업 후 동기들이 문학상을 수상하는 동안, 등단하는 동안, 지은이가 되어 책을 내는 동안, 출판사 편집자가 되어 커리어를 쌓는 동안 민은 계속 제자리였다. '김민의 히스토리를 쓰시오'라는 물음에 답안을 공백으로 제출해도 될 만큼 아무것도 증명할 수 없었다. 나이를 먹을수록 불안해졌다. 도대체 언제까지, 얼마큼 더 써야 할까. 재능이 없는 걸까. 진작에 포기했어야 했나. 이런 생각들이 민의 머릿속을 계속 맴돌았고, 그날 하루를 망쳐버리곤 했다.

바쁜 점심시간이 지나고, 드립커피를 내려 허리를 바에 기댄 채로 휴대전화를 확인했다. 같은 번호로 부재중 전화가 두 번 남겨져 있었다. 대수롭지 않게 생각하며 남겨진 문자메시지를 확인했다.

[작가님, 안녕하세요. 비전과 사상입니다. 메일과 전화를 드렸는데 읽지 않으시는 것 같아 문자 드립니다. 확인 후 연락 부탁드려요.]

비전과 사상. 메이저 출판사로 평가받는 곳. SF 브랜드를 갖고 있는 곳. 재작년인가 스토리 공모전을 처음으로 열었다. 작품을 공모하지는 않았지만 분명 기억에 있었다. 두근거리는 마음을 달래며 메일을 열었다. 과학문학상에 출품했지만 떨어진 『기억중개센터』를 출판하고 싶다고 했다. 당선작도 아닌데, 라는 의문에 답변이라도 하듯, 민의 글을 인상 깊게 본 심사위원 한 분이 출판사 대표에게 추천했다고 직원은 전했다. 생각지도 못한 루트로 책을 낼 기회를 얻었다.

편집자가 정해지자 출판은 생각보다 거침없이 진행되었다. 수정하고 또 수정하는 시간을 거쳤다. 글이란 쓰는 게 아니라 수정하는 것임을 체감했다. 교정 교열을 통한 편집자의 피드백을 받고, 소설에 나오는 정보들을 정확하게 체크하는 데 제법 시간이 걸렸다. 편집자와 여러 차례 교정지를 주고받고 나서야 책의 형태를 갖출 만한 글이 되었다.

그렇게 달려 드디어 마지막 페이지. 작가의 말만 쓰면 완성이었다. 민은 뭔가 그럴듯한 말을 쓰고 싶어 썼다가 지우고, 또 소소한 말을 적었다가 지우고, 감사한 사람을 나열했다가 지우기를 반복했다. 잘 써지지 않자 책꽂이에 꽂혀 있는 여러 책들을 테이블에 늘어놓고, 다른 작가들은 도대체 무슨 말을 독자에게 전하는지 읽어보기도 했다. 그러다 다시 마주한 피천득의 『인연』. 다시 한번 찬찬히 산문집을 읽었다. 처음 그 책을 손에 쥐었을 때처럼. 준이 민에게 건넸을 때처럼. 그해 봄처럼. 그리고 결국 써내려간 문장의 첫 단락은 이러했다.

수많은 글자를 썼지만, 수없이 낙방했습니다. 하지만 이 손으로는 꼭 글을 써야 한다던 그 시절 남자친구 덕에 꾸준히 쓸 수 있었습니다.

첫 글자부터 마지막 온점을 입력할 때까지 민은 준을 생각했다. 민의 단어와 문장을 만든 정준. 글을 수정하는 내내 보고 싶었던 정준. 왜 헤어지자는 말에 알겠다고 한 것인지, 왜 만나고 돌아가서 바로 연락하지 않았는지, 왜 가라는 말에 그대로 간 것인지. 이 글이 어떻게든 준에게 닿길 바랐다.

준

        민의 글이 책으로 나온다는 소식은 알고 있었다. 유명 출판사에서 신인 작가의 책을 낸다더라 하는 소문은 꽤 빠르게 퍼졌고, 동기들의 입방아에도 민은 자주 오르내렸다. 오랜만에 참석한 동기 모임에서도 예외는 아니었다.

"오, 정준도 왔네?"
"오면 안 된다는 말투다?"

준이 장난스럽게 답하며 앉자, 우진이 말을 이었다.

"너무 오랜만이시라 반갑다 이거지. 민이는 잘 지내

고?"

우진의 해맑게 꺼낸 한 글자 이름 덕분에 갑작스러
운 정적이 흘렀다.

민.

"아이고, 미안해 들었는데 까먹었네."
"괜찮아."
"그렇지? 일이 년 만난 것도 아니고, 뭐."

분위기를 무마하기 위해 애써 괜찮다고 했다. 같이
해온 시간 동안 두 사람은 많은 부분을 공유했고, 친
구도 예외가 될 수는 없었다. 준의 괜찮음이 정말로
괜찮음으로 비쳤던 걸까. 동기들은 아무렇지 않게 민
을 소환했다.

"민이 책 나온다며?"
"응, 들었어. 나도."

이번 동기 모임에 민은 오지 않았지만, 주인공은 단
연코 민이었다. 민은 동기 모임에 자주 참여하지 않았

다. 언젠가부터 자격지심이 생긴 것 같다고 했다. 그래도 다들 무언가 열심히 하고 있는데, 결과를 내고 있는데, 자신만 제자리인 것 같다고 했다. 모임에 다녀오면 그런 생각이 더욱 커져서 그날 밤에는 꿈에 시커먼 무언가가 나와 자신을 잡아먹을 듯하다고. 그 말을 듣고 나서는 민에게 같이 가자는 소리가 쉽게 나오지 않았다. 아주 가끔 둘이 함께 가기도 했지만, 보통은 준만 참석하다가 헤어지고 나서는 준도 점점 모임을 피하게 되었다. 늘 함께한 자리도 아닌데 계속 거론되는 민의 이름에 유난히 외로웠다. 어디선가 상실감이 준을 향해 몰아치고 있었다. 지난 10년 치가 한꺼번에 몰려오는 듯 아주 거대했다.

*

출판사 자료실에 참고 도서를 찾으러 들렀다가 카트에 가지런히 정렬된 책들을 보았다. 슬쩍 훑어보니 이번에 나온 신간 같았다. 많은 책 중 낯익은 제목이 보였다.

"어."

"아, 정 대리님 동기시죠? 조 과장님이 그러시던데."

"맞아요."

"책 빼놓을까요?"

"아니에요, 괜찮아요."

책을 빼놓겠다는 막내 편집자의 제안을 거절하고 퇴근길 대형 서점에 들렀다. 퇴근 시간이어서인지 사람들로 붐볐다. 이상도 하지. 책은 점점 안 팔린다고 하는데 서점엔 늘 사람이 가득하다. 신간 매대에서 책을 찾아 들었다.

김민, 『기억중개센터』.

'결국, 완성했구나.'

세상에 모습을 드러낸 지 일주일도 되지 않은 신간. 갓 나온 빵처럼 품에 안고 돌아왔다. 집에 도착해 옷도 갈아입지 않고 거실 의자에 앉았다. 민이 재작년 생일 선물로 사준 의자였다. 책은 이곳에서 읽으면 좋겠다고, 비싼데 큰맘 먹고 사주는 거라며 온갖 생색은 다냈었다. 장난기 어린 민의 얼굴이 눈앞에 아른거렸다. 생각만으로도 미소가 지어졌다. 의자에 앉아 쉼표 하나도 빼놓지 않으려 최대한 조심스럽게 읽었다. 어린 아이 만지듯 책장을 넘겼다. 10년 동안 늘 민의 글을 제일 처음으로 읽는 독자였는데 이제는 아니라는 사실이 마음을 아리게 했다. 하지만 대견함이 더 컸다. 그것 봐, 내가 뭐랬어. 너는 쓸 수 있다고 했잖아.

얼마나 읽었을까. 준은 민의 글을 객관적으로 읽을 수 없다는 것을 알았다. 단어 하나하나에서 민의 고뇌하는 모습이 그려졌다. 같은 의미의 단어를 두고 이게 나은지 저게 나은지 묻던 모습. 어느 페이지에서는 글이 써지지 않는다며 엎드려 있던 모습도. 책을 읽는 것이 이렇게나 아프고 힘들 수 있을까. 내용과 상관없이 슬프고, 아팠다. 마지막 장까지 몇 페이지를 남겨놓지 않았을 때 부엌으로 가 어딘가에서 답례품으로 받은 와인을 찾았다. 이제는 두 개가 아닌 한 개가 된, 짝 없는 쓸쓸한 와인잔에 와인을 따라 출간을 축하했다. 책을 들어 마저 읽었다. 그리고 닿았다. 마지막 장에. 민이 닿길 바라며 쓴 저자의 말에.

수많은 글자를 썼지만, 수없이 낙방했습니다. 하지만 이 손으로는 꼭 글을 써야 한다던 그 시절 남자친구 덕에 꾸준히 쓸 수 있었습니다.

다시, 민

책이 출간된 후 많은 사람에게 연락받았다. 나, 사랑받고 있었구나. 행복한 시간이었다. 친하지 않은 동기들에게서도 축하한다는 메시지가 왔다. 너는 될 줄 알았어, 작년 동기 결혼식에서 한심하게 보던 녀석의 문자메시지. 이놈 새끼야, 라고 답장하고 싶었지만 정식으로 글을 쓰는 사람이 되었으니 고맙다고 답했다. 언니들, 새봄, 지안 모두 기뻐했고, 단골손님들이나 수공방 식구들마저 신나했다. 모두에게서 연락이 왔다. 딱 한 사람 빼고.

눈이 잘 떠지지 않는 일요일 오전이었다. 오전이라고 하기엔 무척 애매한 열한 시 사십팔 분. 그래도 오전은 오전이지, 라고 생각하며 누워 있는데 마틸다가 몸을 비비며 연신 야옹거렸다. 집사란 참 힘든 직책이다. 내 밥은 걸러도 고양이 밥은 거를 수 없지. 마틸다의 척추 굴곡을 느끼며 쓰다듬고 몸을 일으켰다. 민의 발끝 언저리를 계속 돌아다니는 모양으로 미루어 배가 제법 고팠나 보다. 마틸다의 밥을 챙기고 냉장고 문을 여니 민의 밥이 될 것은 없었다. 쪼그려 앉아 마틸다의 밥 먹는 시간을 구경했다. 커튼 사이로 햇살이 에드워드 호퍼의 그림처럼 파고들었다. 모자를 눌러 쓰고, 작게 접힌 장바구니를 주머니에 넣고는 밖으로 나갔다.

직접 가서 장을 보는 건 준과 함께 지낼 때 생긴 습관이다. 앱으로 클릭 몇 번이면 집 앞에 식료품이 배달되는 편한 세상에 준과 민은 자주 마트에 장을 보러 갔다. 매주 필요한 것을 적어두고, 직접 양손 무겁게 들고 왔다. 한쪽 손으로 커다란 장바구니를 들고, 다른 한쪽 손으로 아이스크림을 쥐었다. 그리고 아이스크림을 다 먹으면 남은 막대는 준이 든 봉지에 넣어 장바구니에 넣고 서로의 손을 잡았다. 집으로 걸어오는 길, 별것 없는 일상이 더없이 소중했다.

양양의 조그만 가게. 구멍가게라고 하기엔 크고, 마트라고 하기엔 별 볼 일 없는 작은 가게. 그곳에서 민은 일주일 치 식료품을 담았다. 달걀 한 꾸러미, 치즈, 파 한 단, 베이컨, 통밀빵. 계산하고 나왔다가 다시 들어가 아이스크림을 하나 집었다. 준과 자주 먹던 하드. 파가 빼꼼 나온 장바구니를 들고 아이스크림을 먹으며 집 앞에 도착하자 낯익은 실루엣이 민을 기다리고 있었다. 걸음 소리만으로도 누군지 알게 만드는 사람이니 뒷모습은 당연했다. 멀끔하게 차려입고, 머리를 자꾸 헝크는 사람. 준이다. 10년을 만나고, 그중 3년을 같이 산, 민의 손을 가장 소중히 여기고, 민의 글이 세상에서 제일 좋다고 말하던 정준. 민의 인기척에 준이 뒤를 돌아보았다. 그러고는 어색하게 웃으며 이야기했다.

"밥 먹었어?"

왜 그동안 생각나지 않았을까. 언젠가 준에게 말했던 것이 떠올랐다. 밥 먹었느냐는 말은 사랑이라고. 누군가에게 매번 밥을 먹었는지 확인하는 것이 사랑 아니면 무엇이겠냐고 했었다. 헤어지고 준이 보냈던 메시지가 떠올랐다. 여러 번에 걸친 밥 먹었느냐는 메시지들. 그러니까 준은, 준이 하고 싶었던 말은. 민의 복잡한 표정을 잠자코 보고 있던 준이 슬며시 다가와 민의 손을 잡았다.

"사랑한다는 말이야."

희나
·
어느새
벚꽃이 만개해 있었다

　　　　　　　부점장에서 점장이 된 지 벌써 반년이 지났다. 글자 하나 차이지만 무게는 달랐다. 부점장일 때는 맡은 일을 잘하려고 했지만 점장은 모두를 아울러야 했다. 원래의 희나였다면 버거운 일이었을 테지만, 양양에서의 시간은 희나를 아주 조금은 변하게 했고, 그래서 가끔만 버거울 수 있었다.

　점장은 주로 선택하고 결정하는 자리였다. 어제처럼 입주사였다가 이번 주부터는 아니게 된 업체와 할인재결제 문제가 생길 때면 책임을 걸고 적절한 선택을 해야 했다. 20대 때는 선택의 갈림길이 기껏해야 1년에 한두 번 정도였는데, 30대가 되고 나서는 매일이 선택의 갈림길이다. 출근과 동시에 결정해야 하는 일들이 쌓여 있었고, 출근하지 않아도 결정을 요청하는 직원들의 전화가 오곤 했다.

퇴근 후 집으로 돌아와 전날 먹고 남긴 그릴드 샌드위치 반쪽을 데웠다. 와인도 한 잔 따랐다. 바닥에 앉아 소파를 등받이로 사용하며 기댔다. 피곤한 하루였다. 휴대전화가 반짝였다. 저녁 시간까지 방해받고 싶지 않아 확인하지 않으려다가 마음을 바꿔 확인했다. 라디오 앱의 알림창. 희나는 잊고 있었다. 자신이 라디오를 들었다는 사실을.

잠이 오지 않는 날이면 라디오를 듣던 때가 있었다. 꽤 오랜 시간이었다. 수호를 만나고 나서는 라디오를 듣는 대신 전화를 했다. DJ의 목소리 대신 수호의 목소리를 자장가 삼으며 잠이 올 때까지 기다렸다. 희나의 말이 조금이라도 느려지면 수호는 천천히 이야기를 이어가다가 잠이 든 것을 확인하고 전화를 끊었다. 헤어지고 나서 잠이 오지 않을 때면 주로 양양에 갔다. 바다를 보고 싶으면 갔다. 누군가가 필요해도 갔다. 슬리퍼를 신은 채 집 앞 마실 가는 것마냥 두 시간거리를 달려갔다. 새봄과 바닷바람을 쐬고, 민과 소윤과 함께 커피를 마시고, 지안과 살아가는 것에 대해 이야기했다. 오랜만에 앱을 켜서 라디오를 틀었다. 마침 음악이 끝나고 DJ의 차분한 목소리와 함께 사연이 이어졌다.

[다음 사연, 소개할게요. 2753님의 사연입니다. 여자친구는 늘 괜찮다 하는 사람이에요. 이걸 먹자 해도 좋다, 아프냐 해도 괜찮다, 표정이 좋지 않아 무슨 일이 있느냐고 물어봐도 다 괜찮다 하는 사람이요. 처음엔 걱정시키지 않으려 하는 마음이 사랑이라고 느껴서 고맙기도 하고 안쓰러웠는데요. 이제는 내가 상대에 대해 아는 게 너무 없지 않나 하는 생각이 들며 서운한 감정만 들어요. 다 괜찮다 하는 마음도 과연 사랑일까요?]

DJ는 안타까운 목소리로 사연을 보낸 청취자에게 공감하며 자신의 의견을 열심히 일러주었다. 희나에게는 들리지 않았다. 분명 수호는 아니겠지만, 수호가 느꼈던 감정이 이런 것일까 하는 생각이 들었다. 수호에게 미안한 마음과 자신이 수호의 마지막 모습에 받앗던 상처가 뒤엉켰다. 그날은 잠이 오지 않았다. 밤새 라디오를 들었다. 그리고 수호를 마주친 건 며칠 지나지 않은 저녁이었다.

희나의 와인숍은 대형 쇼핑몰에 입점해 있었다. 수호의 방송국과 그리 멀지 않은 곳이었다. 연애하면서 수호는 희나를 기다리며 와인숍 건너편 카페에서 책을 읽기도, 동료들과 점심을 먹고 나서 잠시 얼굴을 보고 가기도, 혹시라도 다툰 날에는 괜히 들러서 손님을 가장해 와인 좀 추천해주세요, 하고 말을 걸기도 했다.

퇴근길이었다. 야근 때문에 늦은 저녁을 사러 들른 모양이었다. 손에 샌드위치가 담긴 투명한 비닐백이 들려 있었다. 멀리서도 서로임을 알 수 있었다. 며칠 전 들은 라디오 사연 때문일까. 수호의 얼굴이 밉게만 보이지 않았다. 살짝 미소를 지었다. 수호 역시 아무 말 없이 희나를 바라보다가 미소를 지었다. 아주 짧은 순간이었다. 둘은 동시에 반대 방향으로 걸었다. 서로를 알기에 더 마주치지 않고 다른 게이트로 나갈 수 있었다. 그 이후 희나는 집에 와서도, 엄마와 봄맞이 등산을 하면서도, 손님에게 와인을 추천하면서도, 운

전해 양양에 가면서도 수호의 얼굴이 떠올랐다. 사랑이라는 문을 닫지 못한 것 같았다. 열려 있는 문틈 사이로 아직도 여러 감정이 희나에게 세차게 불어오곤 했다.

　화창한 날씨, 창밖으로 지나가는 사람의 까르르 웃는 소리가 들렸다. 희나는 봄맞이 침구를 정리했다. 봄에 알맞은 두께의 이불을 꺼내고, 두꺼운 이불은 돌돌 말아 세탁기에 넣어놓고, 거실 원형 테이블에 앉아 노트북을 펼쳤다. 자동 로그인으로 메일함에 들어가자 '정수호'라는 이름이 보였다. 작년 여행 때 주고받았던 메일. 이름을 클릭하고 생각나는 대로 쓰기 시작했다. 그리고 소윤의 말을 떠올렸다. '마음을 다하면 상대방도 진심으로 받을 수밖에 없어.'

　받는 사람 정수호
　제목 수호에게
　내용

　오늘은 유난히 날씨가 좋아. 이제는 제법 따뜻해져서 정말 봄이 온 것 같다.

몇 주 전, 우리 우연히 마주친 그날. 집에 오는 길에 라디오에서 그 음악이 나오더라고.

'Annie, 이 노랠 듣고 있나요. 그대가 바로 Annie예요' 하는 노래. 네가 유난히 좋아했었지. 그래서인지 그날은 잠들 때까지 너를 생각했어. 노래 마지막에 'Annie, 조금은 후련하네요. 정말 외치고 싶었는데'라는 가사도 있더라. 그 노래가 내게 말할 수 있는 용기를 준 걸지도 몰라.

우리 헤어진 그 여름에 말이야.

처음에는 네가 받은 상처를 듣고 놀라고, 뒤늦게서야 알게 된 사실에 당황스러웠어. 그래서 그 시간에 꽤 오래 서 있었어. 유난히 긴 여름이었어. 네가 그러지 않아도 된다고, 그냥 우린 다른 사람인 거라고 했지만 상황을 그렇게 끌고 온 게 내 잘못 같아서 한참을 빠져나오지 못했어. 무엇이 잘못이었을까. 어디서부터 잘못되었을까. 나열하고 또 나열했어.

나의 마음이 왜 사랑이 아니라고 말했을까.
왜 내가 고마움으로 널 만났다고 여겼을까.

생각하면 생각할수록 매몰됐어. 그러다 어딘가, 말로 설명할 수 없는 지점에 닿았는데, 그제야 알았어. 내가 살아온 삶이 진실한 삶이 아니었음을. 관계를 만들지 않고, 누군가에게 나를 내보이지 않는 삶은 상대분만 아니라 내게도 상처

214

였음을.

원래 이런 사람이라는 핑계를 대며, 이렇게 살아왔다는 이유로 노력하지 않았어. 서툰 감정 표현으로 상처를 줬고, 살피지 못했고, 둥근 사람이 되지 못했어.

다행히 지금은 알아. 함께여서 좋은 것이 더 많다는 것을. 그시작은 너로부터였다는 것도.

수호, 네가 옳았어. 너의 말을 이제야 이해한 나를 바보 같다고 생각할지도 모르겠다. 하지만 단 하나, 그건 아니야.

내가 했던 것, 우리가 했던 것은 분명 사랑이었어.
그것만은 당신이 틀렸어.

marry, spring

스크롤을 올려 처음부터 다시 한번 읽었다. 전송 버튼을 눌렀다. 취소하기 버튼이 보였지만 클릭하지 않았다. 노트북을 덮고, 소파에 잠시 누웠다. 깜빡 잠들었다. 밤도 되지 않았는데, 라디오도 없이, 누군가의 잘 자라는 말도 없이, 술기운도 없이 그렇게 잠들었다. 얼마나 잔 걸까. 조명 하나 켜지 않아 어둑해진 분위기를 느끼며 일어났다. 개운했다. 잠을 자서라고 하기엔 마치 다시 태어난 사람처럼 팔다리가 가벼웠다. 늘 결리던 어깨도 아프지 않았다. 목을 좌우로 살짝 비틀며 스트레칭하는데 휴대전화 불빛이 소파 위에서 반짝였다. 수호의 전화였다. 헤어지고 반년하고도 4개월 만이었다. 여전히 그대로 저장되어 있던 수호라는 이름이 액정에서 반짝였다. 희나는 전화가 끊길 때까지 바라보다가 주머니에 넣었다. 신발장에서 운동화를 꺼내 신고 끈을 묶었다. 최대한 팽팽하게 리본을 묶어 양쪽으로 잡아당겼다. 집 앞 공원에 나가자 밤 산책을 하는 사람이 여럿 보였다. 사람들의 표정을 살폈다. 봄은 사람들 얼굴에 제일 먼저 피어난다는 것을 알았다.

혼자 살아도 된다고 생각했다. 늘 혼자였고, 혼자여도 뭐든 문제없다고 자만했다. 내가 할 일을 잘하면, 맡은 바를 다 해내면 도움 같은 건 요청하지 않아도 되는 삶을 살 수 있다고 생각했다. 사는 건 그렇게 마음대로 되지 않는다는 것을 마흔이 되어서야 알았다. 도움받을 일이 없는 인생이란 애초에 없다. 인생은 예상치 못한 순간의 연속이니까. 과거에 없었다면 앞으로 있을지도 모른다. 사람과 사람, 관계가 얽히고설켜 함께할 수 있다는 것이, 그 함께함이 얼마나 소중한 것인지 뒤늦게 알았고, 뒤늦게 안 만큼 진심을 다하고 싶어졌다. 그동안 놓친 순간까지. 희나가 사람들 속으로 들어가 빠른 걸음으로 걸었다. 공원의 가로등이 하나둘 켜졌다. 어느새 벚꽃이 만개해 있었다.

Season 5

또 다른 계절

소윤

·

이게 사랑 아니면
무엇일까

　　　　　　　도무지 삼켜지지 않는 시간
이었다. 아무리 넘기려 해도 넘어가지 않았다. 목구멍
에 걸린 채로 1년, 명치에 걸린 채로 1년, 위 어딘가에
서 1년. 지금도 사라지지는 않았다. 아주 작은 씨앗이
되어 몸 어딘가에 존재하고, 매년 조금씩 가지를 뻗고
있었다. 가지가 뻗어나갈수록 무뎌지는 것일 뿐.

　하굣길이었다. 갑자기 비가 내렸고, 어린 소윤은 야
무지게 챙긴 우산을 책가방에서 꺼내 들었다. 우산을
들고 장화를 신은 채로 무서울 게 없다는 듯 첨벙첨
벙대며 운동장을 가로질렀고, 학교 앞 구멍가게를 지
나다가 처마 밑에 서 있는 쫄딱 젖은 어린 훈을 보았

축구를 잘한다던 아이. 말수가 적은 아이. 한 번도 이 야기를 나눠보지 않은 아이. 아마도 비밀이겠지만, 이 사실을 소윤이 알고 있다는 것도 비밀이지만, 엄마가 없는 아이.

소윤은 우산을 접고 구멍가게에 들어가 새콤달콤 하나를 골랐다. 딸기 맛. 나눠 먹기에는 포도 맛이 낫 나? 그래도 딸기 맛이 더 맛있는걸. 계산하고 문 앞에 훈과 나란히 섰다. 가지 않는 소윤을 보고 훈이 이상 한 듯 쳐다봤다. 이상했다. 말 한 번 나눠본 적 없는 아 이의 목소리를 듣고 싶은 것이 정말이지 이상했다. 무 슨 말이라도 해서 훈의 목소리를 듣고 싶었다. 그래서 말했다.

"나는 할머니랑 살아."

훈이 아무런 대답을 하지 않았다. 목소리를 듣지 못 하자 소윤은 한마디를 더 했다. 단둘이. 두 마디를 하 니 훈의 목소리가 들렸다. 나는 아빠랑 동생이랑 살아. 한마디가 더 들려왔다. 아빠는 바빠서 잘 못 들어와.

훗날 그날의 장면을 이야기했을 때 훈은 말했다. 웬 여자아이가 비밀을 이야기하는데 듣고만 있을 수 없었다고. 혹시나 자신이 남에게 소윤의 비밀을 말하게 될까 봐 그 순간이 너무 무서웠다고. 비밀을 지키는 제일 좋은 방법은 나의 비밀을 이야기하는 것, 서로의 비밀을 나눠 가지는 것, 그래서 자신의 이야기를 했다고. 너의 비밀을 지키기 위해서, 그리고 왜 새콤달콤은 주지도 않았느냐는 소리를 하며 두 사람은 많이도 웃었다.

약속이라도 한 듯 소윤과 훈은 그날 이후 많은 것을 함께했다. 중학교도 함께, 고등학교도 함께 다녔다. 대학은 함께 가지 못했지만, 캠퍼스의 위치가 그리 멀지 않았다. 대학에 들어간 뒤 더 불같이 사랑했고, 무모하게 졸업 후 바로 결혼했다. 확신이 있었다. 나의 무엇을 알아도 창피하지 않은 사람. 서로가 서로를 버려도 어떻게든 주워 올 사람. 말하지 않아도 내가 얼마만큼 바닥인지 아는 사람. 할머니뿐이던 소윤에게 가족이 늘었다. 가족이 늘어나는 일은 다른 말로 행복이었다.

결혼하고 3년쯤 지나고, 소윤의 생일이 얼마 남지

않은 날이었다. 훈은 조금 창백한 얼굴로 퇴근했다. 함께 저녁을 차려 먹었고, 소파에 앉아 환경 관련 다큐멘터리를 보았다. 소윤이 훈의 무릎을 벤 채로 딸기를 먹다가 무릎에 딸기즙을 뚝뚝 떨어뜨리고 손바닥으로 쓱 문지르며 멋쩍게 웃는 찰나, 훈이 나지막하게 이름을 불렀다. 소윤아.

소윤이 일어나서 먹을게, 진짜! 하고 말하는데, 훈이 말했다. 나, 암이래. 훈은 괜찮다고 했다. 이겨낼 거라고 했다. 현대 의학이 얼마나 발달했는지 알지 않느냐며 소윤을 안심시켰다. 이튿날 소식을 듣고 달려온 준 앞에서도 훈은 웃어 보였다. 형 알지 않느냐며, 이겨낼 수 있다고, 병은 마음가짐에 달렸다고, 내가 병에 먹히지 않으려 하면 먹히지 않을 수 있다고. 처음에는 훈도 그 말을 믿었다. 분명 믿었다.

치료를 열심히 받았다. 성실한 환자였다. 시간을 내어 병원에 갔고, 일을 줄였다. 치료가 길어지면서부터는 아예 일을 그만뒀다. 종일 병원에 있는 시간이 반복되었다. 그 생활이 길어지자 훈도, 소윤도 조금씩 지쳤다. 훈의 외형은 점점 몰골이라는 단어가 어울릴 정도로 말라갔고, 내면도 예민해졌다. 죽어가는 사람 앞에서 괜찮다 응원하는 것, 병간호로 지친 모습을 보이지 않는 것, 괴로워도 괴롭지 않은 척 매일을 보내는 것. 소윤 역시 힘든 시간이었다. 훈이 고통스러워할 때마다 함께 고통스럽고, 아파할 때마다 함께 아팠다. 가을 그 어디쯤, 훈은 미안하다고 했다. 그리고 떠났다. 병으로 약해지는 자기 모습을 더는 참지 못하고, 누군가가 앗아가기 전에 먼저 죽음을 택했다.

소윤은 병원에서 온 전화를 받고 그럴 리 없다고 생각했다. 훈은 소윤을 두고 먼저 갈 수 있는 사람이 아니었다. 하지만 사랑은 언제나 확신을 무너뜨린다. 비웃기라도 하듯 밟고 또 밟는다. 소윤은 문드러졌다. 누군가가 실컷 밟고 간 모양새로, 초라한 행색으로 거리에 앉아 있었다. 헝클어진 머리를 한 채로 죽지 않을 만큼만 먹고, 죽지 않을 만큼만 잤다.

훈의 죽음을 인정했을 때는 1년이 지나 있었다. 인정했다고 해서 마음이 나아진 것은 아니었다. 이제 훈이 세상에 없음을 받아들였을 뿐. 소윤은 매일 울었다. 각막이 울퉁불퉁 불어 터진 채로 눈 밖으로 기어 나오려 했다. 할 수 있는 건 우는 것밖에 없어 또 울었다.

아무것도 하지 않은 채, 웃지도 않은 채 3년이라는
시간이 흘렀다. 여전히 빠져나올 수 없었지만 어렵게
마음을 추슬렀다. 그리고 훈을 수목장으로 누인 곳에
서 조금 떨어진 곳에 카페를 열었다. 주변에 카페가
몇 개나 있는지, 사업성이 있는지 따위는 고려하지 않
았다. 훈을 보내고 반쯤 미쳐 있던 소윤이 무언가를
하겠다고 하자 소윤의 할머니가 이 건물을 샀고, 이곳
에서 많은 사람을 만났다.

그런 시간이 소윤에게도 있었다. 사랑을 주고받고
영원을 노래했던 시간, 모든 것이 무너지던 시간. 그
래서인지 위태로워 보이는 사람을 보면 그냥 지나칠
수 없었다. 할 수 있는 거라고는 정성스레 커피를 내
려 놓아주는 것, 다정하게 인사하는 것, 이미 지쳐 있
는 당신을 더 지치지 않게 하는 것, 혼자가 아님을 알
게 하는 것, 계속해서 살게 하는 것.

민이 그랬고, 지안이 그랬고, 새봄이 그랬고, 희나가
그랬다.

226

그리고 다시 혼자가 된 소윤에게 민이, 지안이, 새봄이, 희나가 그랬다.

이게 사랑 아니면 무엇일까.

작가의 말

민의 곁에서 계속 쓰라고 말해준 사람이 있었듯이 내게도 그런 사람이 있었다면 좋았겠지만 슬프게도 없었다. 글 쓰는 것을 좋아했지만, 그저 좋아하는 일 가운데 하나로 생각했고, 쓰고 싶은 욕구가 이만큼이나 차올랐다는 것도 내 곁의 누구도 알지 못했다. 가족도, 친구도, '시절 연인들'도.

그 욕구가 몸속을 비집고 나와 언어가 되었을 때 지안처럼 다른 선택을 할 수 있었다. 유난히 밝은 봄이었다. 안전하고 튼튼한 울타리를 내 손으로 열고 나와 품고 있던 이야기를 풀어 놓기 시작했다. 마치 몇십 년간 한 글자도 쓰지 못했던 사람처럼 쓰고 또 썼다. 서른 중반의 나이었다.

여전히 좋은 글이란 쉬운 단어로, 쉽지 않은 이야기를, 쉽게 읽히게 쓴 글이라 생각한다. 그렇게 쓰려고 노력한다. 꼭 사랑을 말하고 싶었던 건 아니었지만, 또 사랑보다 더 잘 담을 수 있는 게 없어 그저 손에 맡겼다.

사랑은 아름답지만은 않다. 여러 번의 사랑 끝에 내가 도달한 지점은 '순애보는 없다'는 것이었다. 사랑은 불안하고, 비겁하고, 옹졸하고, 치졸하다. 사랑은 두려움과 오해의 연속이다. 물론 나에게도 함부로 영원을 입에 담던 시절이 있었다. 돌아보면 적잖이 부끄러운 시간이었다.

그래도 사랑은 사랑이다. 다른 감정으로, 다른 단어로 애써 감추고 숨겨도 사랑은 사랑. 사랑이 품고 있는 다양한 모양을 지안, 새봄, 민, 희나를 통해 배웠다.

마음을 나누는 일을 좋아한다. 모두가 그럴 테지만, 보통의 사람보다 좀 더 좋아한다. 누군가의 숨은 구석을 알아채고, 살피고, 보듬고, 내어주는 일……. 글도 그렇게 쓰고 싶었고, 그러다 소윤을 만났다. 상처 입었지만, 고여 있는 시간을 통해 회복하고, 다시 흐르게 된 사람. 기꺼이 다른 사람의 안녕에 도움을 주는 사람. 나에게 주어질 앞으로의 글이 소윤을 닮았으면 좋겠다. 상처를 함께 보듬고, 같이 회복하고, 더불어 무언가로 채울 수 있다면 얼마나 좋을지 생각해본다.

내가 만난 글들이 나를 단단한 사람으로 만들어주었듯이 누군가에게도 하나의 이유가 될 수 있기를.

가을,
오지영

내 마음은 바다에 있어

초판 1쇄 발행 2024년 11월 22일

지은이 오지영
펴낸이 윤동희
펴낸곳 북노마드

편집 윤동희, 안강휘
사진 한낮의 바다
디자인 석윤이(표지), 공미경(본문)
제작 교보피앤비

출판등록 2011년 12월 28일
등록번호 제406-2011-000152호
문의 booknomad.editor@gmail.com

ISBN 979-11-86561-91-1 03810

www.booknomad.co.kr